Der Diskos von Phaistos – Kretas erster Krimi?

Meinen lieben Enkelkindern

Yahel und David Appenzeller

Verena Appenzeller

Der Diskos von Phaistos
– Kretas erster Krimi?

Bibliografische Information der Deutschen Bibliothek:
Die Deutsche Bibliothek verzeichnet diese Publikation in der Deutschen
Nationalbibliografie; detaillierte Daten sind im Internet über
<http://dnb.ddb.de> abrufbar.

© 2005 Verena Appenzeller
Herstellung und Verlag: Books on Demand GmbH, Norderstedt
ISBN 3-8334-3311-6

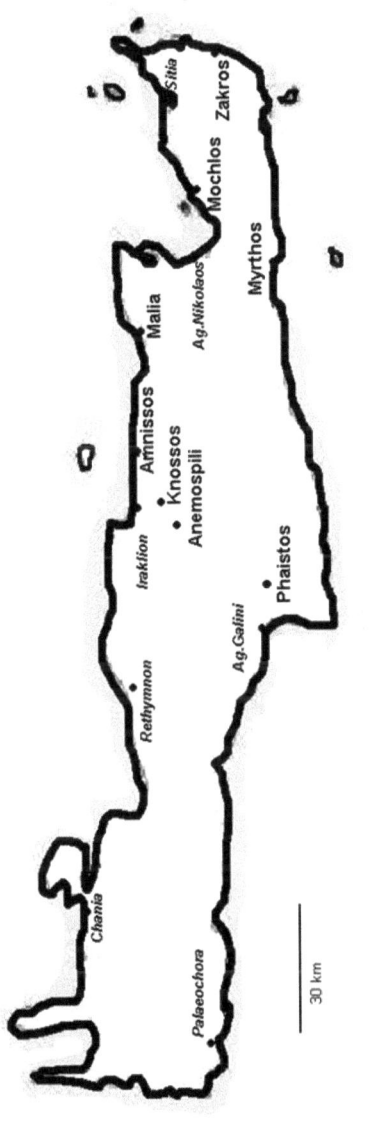

Chania

Palaeochora

Rethymnon

Iraklion

Amnissos

Knossos

Anemospili

Ag.Galini

Phaistos

Malia

Ag.Nikolaos

Mochlos

Sitia

Zakros

Myrthos

30 km

Was man unbedingt wissen sollte:

Es gibt manches Rätsel, das die Menschheit noch nicht gelöst hat. Solch ungelöste Rätsel sind etwa der Untergang des Platonstaates Atlantis, oder der Mensch Jesus, oder die dunklen Jahre Shakespeares – jedes Rätsel ein Ärgernis für Wissenschaftler und Gelehrte; doch gleichzeitig ein Glücksfall für Bildungsbürger, denn ungestraft darf jedermann forschen und mit todernster Miene originelle und ausgefallene Lösungen präsentieren. Wer kann ihn widerlegen? Ein herrliches Tummelfeld für Pseudowissenschaftler, Möchtegern-Gelehrte, Romantiker, Dichter!

Eines der spannendsten und zugleich aussichtslosesten Rätsel ist der *Diskos von Phaistos,* eine kleine Tonscheibe, 16 cm im Durchmesser, 2 cm dick, hübsch braunrot gebrannt. 242 Zeichen sind klar und gut lesbar auf beiden Seiten eingestempelt, säuberlich in einer Spirale angeordnet.

Da steht er unschuldig in Vitrine 41 des Saales III im Erdgeschoss des Archäologischen Museums von Iraklion, der Diskos von Phaistos, und Horden von neugierigen Touristen glotzen ihn plichtschuldigst an; der Reiseführer, der lebendige oder der gedruckte, will es so.

Schon an die hundert Jahre, genau seit dem 3. Juli 1908, ist er ein Ärgernis, ja ein Schandfleck auf der weissen Weste der Altertums-Wissenschaftler. Zwar können sie stolz auf sagenhafte Leistungen bei unglaublichen Problemen hinweisen – schlimm verstümmelte Striche und Haken, Punkte und Bogen auf elenden Scherben vermögen sie in klingende und verständliche Silben umzusetzen, ausgefranste Manuskripte mit verblichenen Zeichen können sie mühelos entziffern. Doch beim Diskos von Phaistos will es nicht klappen. Dabei gibt es keine Ausrede, etwa die Scheibe sei ein Fragment, die Zeichen seien verwischt, die Ränder seien abgebrochen. Der Diskos ist perfekt erhalten, klar, deutlich steht jedes Zeichen da, so frisch, wie wenn es gestern eingestempelt worden wäre.
Doch was wollen die Zeichen sagen?

Unser Diskos schweigt verschmitzt, er führt die gelehrtesten Gelehrten und die phantasievollsten Phantasten an der Nase herum.

Man vermutet und hat sich im Wesentlichen darauf geeinigt, dass er aus dem 2. Jahrtausend v.Chr. stammt und aus kretischem Material hergestellt wurde. Doch schon beim Bestimmen der Sprache hapert es empfindlich – spricht der Diskos urgriechisch, luwisch, semitisch, kyprisch, slawisch? All das und vieles mehr wurde schon vorgeschlagen. Aber wie soll man sich je auf eine Sprache festlegen, wenn man sich noch nicht einmal darauf geeinigt hat, ob die Spirale von aussen nach innen oder von innen nach aussen gelesen werden soll, und welche Seite die Vorderseite ist?

Unzählige Übersetzungsversuche werden geboten – jeder Versuch wird als der ultimativ richtige angepriesen – doch kann mehr als einer richtig sein?

Hier einige Muster:

Ist es ein Aufruf zum Kampf?

Hear ye, Cretans and Greeks: my great, my quick! Hear ye, Danaidans, the great, the worthy! Hear ye, all blacks, and hear ye, Pudaan and Libyan immigrants! Hear ye, waters, ye earth: Hellas faces battle with the Carians. Hear ye all! Hear ye, Gods of the Fleet, aye hear ye all: faces battle wih the Carians ... To Naxos! [1]

Eine Botschaft an die Kreter nach einem Erdbeben?

Talaio, König der Pyliägäätier. Talaio, dieses zum Heilruf der Götter, segnet den Boden der gemeinsamen Ursprünge der Abstammung der Kreter, der Überlebenden des Erdbebens, der Wesensart der Pyliägäätier, der Kreter vor dem Erdbebenverderben. Soviele Danaer sandten Nachgebete nach Kreta. In der Freuenden eigenen Händen der dem Toben entronnen (ist) Gnosos. [2]

Ist es eine Erzählung von einer Landnahme?

We are on an island. We take the boat and go downstream. The water hammers at the boat. We call upon the god of the starry sky and are guided by the constellation Canis. We reach a piece of land. The water hammers at the land. There is fire thanks to the woman and she pushes the priest aside.

There is land with timber due to the god of the weather. The god of the vegetation is operating here, the land is very fertile …[3]

Oder gar ein Sex-Ratgeber?
Sei tief hineindringend, Lüsterner!
Bewege dich tief hinein, Fisch, (in) deinen Mund!
Mein Gewandter sehnt sich heftig,
der Tüchtige (ist) für mich glühend.
Bei mir, (o) der träufeln lässt, blase!
(O) von einer glühenden Leidenschaft Erfasster,
Lüsterner, mein heisses Verlangen (ist da)!
Der Tüchtige (ist) für mich glühend.
Bewässere das, was verschlossen (ist)!
Der Tüchtige (ist) glühend. [4]

Es könnte auch ein Jahrtausend-Kalender sein
… dass der Diskos in vier Hauptmodule unterteilt ist und hiebei aus dem Aufgabenbereich der Priesterschaft das Schema eines Kalendariums entschlüsselt werden muss um dann aus den erkannten Ideogrammen die weiterführenden Botschaften entkrypten zu können. Es wurde offensichtlich, dass;

1. die Anzahl der 30 Felder mit den 12 Aussenfeldern zu multiplizieren und durch die Anzahl der Korrekturpunkte im jeweils letzten Feld zu ergänzen ist … man erhält dann für die Seite B die Summe 12*30+5 = 365. Diese Zahl entspricht der Einteilung der Monate und der Anzahl der Zusatztage (Epagomenen) eines Gemeinjahres … [5]

Ist es gar eine Botschaft von Ausserirdischen?
it clearly contains links to space, planets and those who come from outward… The planet Earth has number seven on this disk – as counted from outward towards the sun … [6]

Anmerkungen

[1] Steven Roger Fischer: «The Glyphbreaker» New York 1997, S.115

[2] Dettmer Otto: «Das Rätsel des Diskos von Phaistos. Das schwerste Kreuzworträtsel der Welt». Berlin 1989 S.108

3 Hedwig Roolvink, http://members.tripod.com/hedrool/ #deel%202

[4] Kjell Aartun, «Die Minoische Schrift – Sprache und Texte», Band I, Wiesbaden 1992, S.198f

[5] Bernd Schomburg: «Der Jahrtausend-Kalender der Minoer, Kap. II, Der kryptologische Schlüssel des Diskos.» http://home.t-online. de/home/bernd.schomburg/

[6] Joachim Koch über Fritz Kuroso, «UFO UpDates» http://www. virtuallystrange.net/ufo/updates/1997/apr/m30-008.shtml

(Weitere Angaben zum Diskos und Zeichentabelle im Anhang)

1

Manis liess sich auf den Boden fallen, schlapp, platt auf den Rücken. Da wäre er nun in Sicherheit. Hier im Olivenhain, hinter der Mauer, konnte er endlich wieder atmen.

Das Erdbeben war dramatischer ausgefallen, als man es in Kreta sonst gewohnt war.

Für die Strecke von Anemospili, oben am Abhang des Juchtas, bis nach Knossos hinunter hatte er diesmal seine persönliche Bestzeit übertroffen, das spürte er in allen Gliedern. So schnell war er noch nie den Berg hinunter in die Stadt gerannt, und erst noch barfuss. Schade nur, dass seine Brüder nicht Zeugen seiner Spitzenleistung geworden waren.

Er stutzte. Seine Brüder? Wo waren sie wohl? Lebten sie noch?

Die Priester hatten also recht behalten. Mit herablassendem Lächeln hatten sie den Kretern schon seit Wochen drohendes Unheil angesagt. Und sie hatten sich erst noch sichtlich geweidet am Entsetzen der Zuhörer. Woher die Priester nur gewusst hatten, dass ein Erdbeben von besonderer Stärke im Anzug war? Ihr Gespür war trotz allem recht präzis, das musste Manis ihnen zugestehen. Er hatte sich zwar immer lustig gemacht über die Wichtigtuerei der Wahrsager oben im Tempel von Anemospili – nicht laut und vor Publikum, versteht sich, sondern nur seinen Brüdern und Spielkameraden gegenüber – doch diesmal hatten die Weissager tatsächlich recht behalten. War doch etwas dran an den Formen der Wolken, am Verhalten der Stiere, an der Anzahl der Geburten bei den Schlangen?

Dieses letzte Erdbeben war massiver gewesen als die der vergangenen Wochen, das hatte wohl jedermann gespürt. Dass es allerdings genau das Erdbeben war, über welches graue Köpfe im Norden Europas noch in drei- bis viertausend Jahren reden und gelehrte Arbeiten schreiben würden, das hatte niemand gemerkt. Jede Wette hätte man da von vornherein verloren.

Im Vorhersagen eines besonderen Bebens hatten die Priester also recht behalten, aber war das so rühmlich? Viel nützlicher wäre eine andere Kunst gewesen: das Verhindern des Unheils, das Abwenden des Zornes, das Umstimmen der Götter. Diese Kunst schien völlig versagt zu haben. Es war mit allen Ritualen und Opfern nicht gelungen zu verhüten, dass der Boden sich immer kräftiger hob und senkte, dass ein Unwetter tobte und dass sich die Wellen am Ufer närrisch gebärdeten, und dass schliesslich die Wände des Tempels bedrohlich schwankten und das Dach des Geräteschuppens schon einstürzte, als er sich davonmachte. Dagegen hatten sie anscheinend im Tempelgarten kein Kraut finden können.

Manis hustete, räusperte sich und spuckte. Woher kam denn der unangenehme Aschenstaub, der sich nicht in reine Luft auflösen wollte? Er stand auf und schaute gegen Norden.

Mit einem Blick wurde ihm alles klar – er hatte nicht nur ein etwas stärkeres Beben heil durchgestanden, sondern eine echte Katastrophe.

Eine Katastrophe nicht so sehr für Kreta, wohl aber für Kalliste.

Kalliste, das winzige Inselreich im Norden, konnte man an gewöhnlichen Tagen nicht von blossem Auge sehen, immerhin lag ein gehöriges Stück Wasser zwischen Kreta und der Insel. Sie ragte nicht sonderlich hoch in den Himmel mit ihrem dürftigen Pelias. Zum Lachen für einen Kreter, dass die Leute dort diesen drolligen Pelias «Berg» nannten. Unter Berg verstand man in Kreta wahrhaftig etwas Markanteres.

Doch jetzt sah Manis deutlicher als ihm lieb war, wo Kalliste lag. Dort nämlich, wo eine kolossale Feuersäule in den Himmel hineinwuchs und wo sich oben der Rauch zu einem riesigen Schirm ausbreitete.

Das kleine Kalliste, das war von blossem Auge zu erkennen, brannte, war geborsten, war dahin.

Die Kreter hatten seit längerer Zeit ein gespaltenes Verhältnis zu jenem Völkchen der Kallister, das ihnen kühn Konkurrenz zu machen versuchte in Schiffahrt, in technischem Fortschritt, in Kunst und Bildung. Keine der anderen Inseln nah und fern war so verwegen, an der Überlegenheit Kretas rütteln zu wollen. Dass die stolzen, überheblichen Leute auf Kalliste daher eine Strafe von den Göttern verdient hatten, das war jedermanns Meinung auf Kreta. Aber musste die Strafe wirklich so drastisch und unumkehrbar ausfallen? Jemand am Hebel der Welt war unzufrieden mit Kalliste, sehr unzufrieden, wahrscheinlich Zeus höchst persönlich. Er hatte Kalliste unwiderruflich ausgelöscht.

Manis wandte sich ab, weg vom Aschenstaub, der ihm ins Gesicht blies. Den riesigen Feuerpilz im Norden vor Augen zu haben, war nicht besonders beruhigend. Er kroch vorsichtig aus seinem Versteck hervor und drehte sich in die andere Richtung.

Er zuckte zusammen. Was er sah, war beinah noch schlimmer. Feuer auch im Süden! Ein grelles Licht blendete ihn. Was war denn das?

Von dort drüben, vom Hang des Juchtas kam es her, genau von der Stelle, wo bis anhin der Tempel selbstherrlich ins Unterland geblickt hatte. Genau von der Stelle, an der er selber noch vor nicht allzu langer Zeit gestanden war. Die Hochburg der Orakel, die Schule der Zeichendeutung, der Tempel der Prophezeiung, Anemospili stand in Flammen.

Nicht nur der Tempel. Mit zusammengekniffenen Augen sah Manis, wie die Feuersäule wuchs und greller wurde. Die Flammen schienen sich auf die Gebäude ringsum auszubreiten. Der Tempel mitsamt allem, was dazugehörte, die Hütten und Ställe und Schuppen für die Diener und Gärtner und Tierpfleger, und die vielen Tiere für die Opfer, alles brannte. Alles stand in hochauflodernden, gelben und roten Flammen, die immer mehr durchsetzt wurden von einem giftigen Blaugrün. Und mitten im Feuer drin, gleich neben dem Tempel, stand ja das Haus, das sein Heim war, das Haus mit seiner Mutter und seinen Geschwistern!

Wo waren sie wohl?

Er hoffte mit aller Kraft, dass auch sie davongelaufen waren.

Seine Mutter jedenfalls, wenn er es sich recht überlegte, hatte er in den letzten Stunden, als das Erdbeben sich erst zaghaft, dann immer deutlicher ankündete, nicht mehr gesehen. Die Mutter, das hatten alle gespürt, war nie recht heimisch geworden im Zentrum von Kreta, in Knossos und Anemospili. Der Vater hatte sie aus einem abgelegenen Dorf weit weg in den Bergen im Osten geholt. Nur wenige kannten diese Gegend. Dort lebten die Leute noch ursprünglicher, dort wurde der Opferkult nicht mit solchen Exzessen wie hier zelebriert. Im Dorfe der Mutter fand man die Rituale von Knossos und Anemospili schwulstig und übertrieben, in ihrem Dorf dienten die Menschen den Göttern auf ihre eigene, einfache Weise, sagte sie. So hatte die Mutter sich in Anemospili stets als Fremde gefühlt. Oft hatte sie ihren Kindern von ihrer Heimat und den besonderen Bräuchen in den Bergen erzählt. Ihrem Gatten gegenüber, dem Oberpriester von Anemospili, hätte sie allerdings nie gewagt, missbilligende oder kritische Worte zu brauchen.

War sie wohl rechtzeitig davongelaufen? Manis hoffte es für sie. So wäre sie gerettet, und wohl auch wieder aufzufinden.

Und was war mit seinen Brüdern geschehen? Er wagte nicht daran zu denken.

Und mit den Dienern und Gärtnern und Hilfspriestern?

Rasch duckte sich Manis hinter den Olivenbaum, als sich Stimmen näherten. Man konnte nicht vorsichtig genug sein. Er war ein Priestersohn, und die Stimmung im Volk den Priestern gegenüber war, milde ausgedrückt, getrübt. Besonders in letzter Zeit, als einiges schief ging, war die Hochachtung vor dem Tempel beträchtlich gesunken. Die Priester hatten dem Volk immer wieder seine Sünden vorgehalten, so wie es Priester seit Urzeiten gern taten und es immer wieder tun, in herablassender oder penetranter Weise. Damit sind sie fein raus, wenn etwas schief geht, alle Schuld kann bequem auf das dümmliche Volk abgeschoben werden. Die Aufgabe der Priester wäre es ja eigentlich, den heissen Draht zu den Göttern heiss oder wenigstens lauwarm zu halten. Doch ist es einfacher, Sündenböcke zu finden, die man für das Unheil verantwortlich machen kann.

Allen voran der Priester von Anemospili, sein Vater, war in diesen Zeiten Zielscheibe eines ungeschminkten Grolls in der Bevölkerung. Musste er denn immer Zetermordio schreien, herumtoben und alle des Ungehorsams den Göttern gegenüber anklagen, bloss weil ihm selber die Ideen ausgingen, welches Opfer zu welcher Stunde in welcher Weise er noch darbringen könnte, um die Götter zu beschwichtigen?

Die Stimmen waren recht nahe, fünf Schritte von seinem Versteck weg.

«Die alte Mauer da hat's kräftig erwischt.»

«Glück gehabt – hoch genug ist sie immer noch, dass die Ziegen nicht drüber hinweg klettern können, denk ich mir.»

«Ja, dafür haben wir jetzt Ausblick auf den Juchtas. Schau mal,

14

wie das dort brennt! Vom Tempel von Anemospili wird nicht mehr viel übrig sein.»

«Recht geschieht's denen dort oben, den Wichtigtuern und Sprüchemachern. Als ob sie die ganze Weisheit gefressen hätten! Die Ziege, die alte mit dem weissen Ohr, hat das Beben genau so gut vorausgespürt wie die hochnäsigen Priester dort. Die hat sich seit Tagen so närrisch aufgeführt, dass ich wusste, es würde etwas geschehen.»

«Und dafür, dass die Priester solche Selbstverständlichkeiten verkünden, lassen die sich noch bezahlen, und üppig! Was die alles an Gold und Perlen und Schätzen angehäuft haben, soll ja beinahe so viel sein wie der Palast von Knossos besitzt. Ist doch recht billig, von Bittstellern und Hilfesuchenden Bezahlung anzunehmen. Nimmt mich nur wunder, wo die den Schatz versteckt haben.»

So war das. Manis hatte selber nie so klar gewusst, was «der Tempelschatz» eigentlich war. Er als vierter Sohn war noch nicht alt genug, um in die Geheimnisse und das ganze Drum und Dran des Tempellebens eingeweiht zu werden. So viel hatte er immerhin mitbekommen, dass dankbare Pilger sich gern erkenntlich zeigten und irgendeinen wertvollen Gegenstand, ein Gefäss aus Ton, ein Schmuckstück aus Kupfer, Bronze oder Gold, eine Figur aus Holz oder Marmor in den Tempel brachten. Warum auch nicht? Waren sie denn nicht dankbar dafür, dass sie vor irgendeiner Gefahr oder Krankheit, sei sie reell oder eingebildet oder erst prophezeit, beschützt, gerettet oder verschont worden waren, indem der Tempel sich ausdrücklich für sie eingesetzt hatte beim zuständigen Gott? Wer konnte denn wissen, was geschehen wäre, wenn die Priester sich nicht für sie verwendet hätten?

Was mit all den mehr oder weniger freiwilligen Gaben geschah, wusste Manis nicht, es hatte ihn auch nie sonderlich interessiert. Und wenn seine ältere Schwester wieder einmal eine neue, besonders fein gearbeitete Goldkette trug, war er meist so beleidigend gleichgültig gewesen, es nicht einmal zu bemerken.

«Man sollte möglichst rasch hinaufsteigen zum Tempel und nachschauen, ob man etwas von den Schätzen findet, bevor herumstreunendes Gesindel sich bedient,» hörte er die tiefere Stimme weiter reden. «Aber wir werden wohl nicht die einzigen sein, die etwas brauchen könnten. Wollen wir's diese Nacht gleich wagen?»

Die Stimmen entfernten sich, Manis hörte die Antwort und die anschliessende Diskussion nicht mehr. Bestimmt ersann die Frau in Gedanken schon Verwendungszwecke für das Gold, das sie in den Trümmern finden würde.

Wieder schaute Manis in die Höhe. War alles verbrannt, zerstört, verloren? War wirklich alles vorbei?

Und jetzt, was sollte aus ihm werden?

Er schämte sich sogleich, dass er nicht an seine Verwandten und Freunde im Tempel dachte, sondern an sich selbst. Doch er konnte sich wenden und drehen, wie er wollte, dieser Gedanke stand im Vordergrund und verdrängte alle anderen.

Was sollte aus ihm werden?

In wenigen Wochen würde er doch erwachsen sein. Er würde an den Palast hinunter nach Knossos zur Schule geschickt, genau wie sein ältester Bruder vor einigen Jahren, der dort Malerei gelernt hatte. Er konnte es kaum erwarten. Er, Manis, der vierte Sohn, hatte sich schon lange entschieden, was er lernen wollte. Er wollte sich der Schreibkunst widmen. Das Schreiben war seine Leidenschaft. In der Tempelschule von Anemospili hatte er im Fach Schreiben stets geglänzt und seine älteren Brüder und die anderen Kindern schon früh in den Schatten gestellt.

Schrift – schon der Gedanke daran machte ihn glücklich. Einige Striche in ein Tontäfelchen ritzen, Kerben in richtiger Anzahl, richtiger Länge, richtiger Neigung – und schon stand da etwas Sinnvolles, ein Wort, ein Satz, eine Botschaft. Es war etwas da, das ein anderer, auch wenn er weit weg wohnte, lesen und verstehen konnte – eine zauberhafte, eine beseligende Kunst, ein Wunder. Vieles schon hatte er oben in Anemospili gelernt, und in Knossos, an der berühmten Schreibschule, wollte er viel, viel mehr dazu lernen.

Doch jetzt? Sollte alles zu Ende sein? War er wirklich allein übriggeblieben, war er der letzte der Priestersöhne, ohne Heim, ohne Familie, ohne Zukunft? Waren all seine Träume und Pläne in den letzten Stunden ausgelöscht worden?

Wie rasch doch alles abgelaufen war! Der Vater hatte die Katastrophe eindeutig und dringlichst vorausgesagt: Sturm – Blitze – Dunkel – Beben – Feuer von oben – Untergang. Es war genau so eingetroffen, doch Manis hatte nicht die ganze Liste abgewartet. Er war ausgerissen, feige davongelaufen.

Als sich die Unheilszeichen häuften, als sein Vater in Raserei verfiel, wild herumtobte und irr nach seinem zweiten Sohn schrie – der erste war schon vor einigen Jahren aus Kreta weggezogen – wusste Manis genau, was es geschlagen hatte. Flüsternd war es von Zeit zu Zeit hinter vorgehaltener Hand gesagt worden, doch hatte niemand es für möglich gehalten: Wenn alle Opfer nichts nützten, musste der Oberpriester seinen eigenen Sohn dem Zeus darbringen und ihn als Schlachtopfer auf den Altar legen. Nur so war der Grosse Gott zu besänftigen.

Was mit dem Bruder geschehen war, wusste Manis nicht. Doch als der Vater noch gellender nach dem dritten Sohn schrie, hatte er nicht mehr zugewartet, hatte nicht mehr zurückgeschaut, war ohne Sandalen, in dem Hemd, das er gerade trug, ohne einen Bissen Essen einzustecken, den Hang hinuntergeprescht, geradeaus, durch die Büsche hindurch, und hatte nicht mehr zurückgeblickt. Nur weg vom Grauenvollen, so rasch er konnte.

Er war schon ein schönes Stück den Abhang hinunter gelaufen, als er durch das Toben und Schnauben hindurch seinen eigenen Namen zu hören vermeinte, seinen Namen in einem markerschütternden Schrei. Wahrscheinlich hatte er sich das eingebildet. Er hatte sich die Hände über die Ohren gehalten und war noch schneller davongestürzt. Allzu viel Opfersinn war ihm nicht in die Wiege gelegt worden. Wie ein Pfeil war er weggerannt vom Tempel, hatte sich aus dem Inferno gerettet, knapp, aber immerhin. Er hatte das Krachen und Brechen, das Schreien und Stöhnen von immer weiter weg, immer schwächer vernommen und nicht mehr zurückgeschaut.

Und nun sass er also unter einem Olivenbaum und dachte an sein Schicksal als Schreiber.

Es war wohl feige gewesen von ihm davonzurennen, doch es gelang ihm nicht, sich zu schämen. Wenn er ganz ehrlich sein wollte, war er froh, dass er geflohen war. Er wollte doch noch lange leben und viel, viel lernen, viel erleben. War das so verwerflich?

Nicht allzu lange hielt er es hinter der zerborstenen Mauer aus. Er musste zurück nach Anemospili und nachsehen, was dort oben geschehen war.

2

Als er den Hügel hinauf keuchte, wurde das Kratzen im Hals immer lästiger. Jetzt einen Schluck Wasser, um den Staub in der Kehle hinunterzuspülen! Die steile Abkürzung den Hügel hinauf würde ihn an der verborgenen Quelle vorbeiführen, einem seiner geheimen Lieblingsplätze. Dort würde er etwas trinken. Die Luft war wirklich ekelhaft staubig, unangenehm, hinderlich. Winzige Aschenfetzchen wirbelten umher, das Himmelsgewölbe war tonlos grau. Ausgerechnet in Kreta, das doch berühmt war für sein ständig strahlendes, beinah übertriebenes Himmelsblau. Zum Kratzen im Hals kam zu allem Überfluss noch Augenbrennen hinzu. Er würde die Augen mit kühlem Wasser auswaschen.

Von Wasser war keine Spur, der Pfad hatte sich um einige Handbreiten verschoben, die Quelle war verschüttet. Ausser Atem setzte er sich hin.

Warum beeilte er sich eigentlich so unsinnig, auf den Berg zu kommen? Was würde ihn erwarten?

Er malte sich aus, wie es oben am Tempel wohl aussah. Was er wirklich sah, übertraf alles.

Das Erdbeben war nicht wählerisch gewesen. Anemospili, der berühmte Wallfahrtsort oberhalb von Knossos, der Tempel und die Priester mit den einmaligen Kenntnissen im Zeichenlesen, die Gärtnereien mit den wertvollen Kräutern, die Ställe mit den Opfertieren, die Geräteschuppen, das Wohnhaus – all das war nicht mehr, war vermutlich in wenigen Minuten verschlungen worden, verbrannt, dahin.

Schwelende Balken, zusammengestürzte Mauern, verkohlte Reste von Hausrat, geknickte Bäume, Trümmer und Brocken auf dem Boden der Aussichtsterrasse. Und unter all diesen bizarren Resten lag wohl sein Vater, der Ober-Priester, der noch das letzte hatte versuchen wollen, um Zeus zu versöhnen. Und bestimmt lagen da auch die zwei Tempeldiener. Vielleicht auch seine Brüder?

Wie viele andere der Tempeldiener und Gärtner und Tierpfleger unter dem Schutt begraben lagen, das wussten wahrlich nur die Götter.

Wohl waren es nicht allzu viele, denn kurz vor dem grossen Beben war alles drunter und drüber gegangen. Ein hastiges, sich überstürzendes Kommen und Gehen von Sendboten aus Knossos, vom Juchtas-Heiligtum, aus Phaistos, ein Hin und Her von Opfertieren und Priestern, von Gold und Kostbarkeiten, ein Laufen und Schreien und Beten und Schlachten, dass niemand mehr darauf achtete, wer wann wohin sich davonmachte.

Was er jetzt sah, das Nichts, vor dem er stand – irgendwie war das alles so ungeheuerlich, so weit entfernt von dem, was man fassen konnte, dass er erst überhaupt nichts fühlte. Innerlich leer und ausgebrannt wie der Tempel kroch er in den Trümmern herum, wie wenn er nicht Manis wäre, sondern ein verirrtes Schaf. Er stocherte in den Steinen herum, kratzte etwas Erde weg, stiess mit dem Fuss an verkohlte Zweige, versuchte, einen Brocken wegzuschieben, einen Ast hervorzuziehen. Doch das war alles sinnlos. Eine Stunde, zwei Stunden irrte er umher und hoffte sich zurechtzufinden, suchte halbherzig, ob noch irgendwo etwas Lebendiges zu finden war.

Hoffnungslos, nichts regte sich, alles war tot, erschlagen, verbrannt.

Er war erschöpft, er war hungrig und durstig, er war allein. Er setzte sich auf einen Stein, senkte den Kopf und heulte los wie ein kleines Kind. So elend, so erbärmlich, so einsam hatte er sich im ganzen Leben noch nie gefühlt.

«Komm, Altchen, komm. Hier vorne findest du bestimmt etwas Gutes.»

Hatte er eine Stimme gehört? Waren nicht alle tot? Er erschrak. Die heisere Stimme musste er doch kennen.

«So mach doch vorwärts, komm, da vorne gibt's bestimmt noch Wasser.»

Eine wunderliche Gestalt kam über Steine und Trümmer gestolpert und redete einer Ziege gut zu. Es war kein Geist, obwohl der baumlange hagere Greis einem durchsichtigen Gespenst ähnlicher sah als einem Menschen.

«Gurios!»

«Himmel, hier lebt noch etwas. Wer ist denn da noch?»

Langsam näherte sich der Alte und schaute um sich, wer ihn denn rufe.

«Herrje! Ein Junge,» stiess er erfreut hervor, als er nahe genug gekommen war, «da war Zeus doch noch gnädig. Halt mir mal die Ziege, damit ich sie endlich melken kann. Sie benimmt sich so, wie wenn sie erst gerade auf die Welt gekommen wäre und noch keinen Anstand kennte.»

Der Alte hob seinen Mantel hoch, und mit einigen Verrenkungen fischte er einen Lederbeutel hervor. Mit der Hilfe von Manis gelang es schliesslich, die widerspenstige Ziege zu bändigen. Stumm sassen sie nebeneinander und tranken abwechslungsweise Milch aus dem Behältnis.

«Na, Kleiner, wie hast denn du diesen Kahlschlag überlebt?» fragte der Alte nach einer längeren Stille. Der Junge kam ihm bekannt vor – wohl eines der vielen Kinder, die sich jeweils auf dem Tempelplatz von Anemospili lästig bemerkbar gemacht hatten.

Manis wurde feuerrot.

«Ich bin ausgerissen, weggerannt, als es losging,» stotterte er. Besser gleich die Wahrheit sagen als später damit herausrücken zu müssen.

«Bravo, das hast du gut gemacht,» lachte Gurios, «hast dem Zeus ein Schnippchen geschlagen, er hat nicht alle gekriegt. Ich war ja auch nicht dabei. Ich war drüben in Tylissos, da hat man nur wenig mitbekommen, ein kleines Wackeln, ein bisschen Kreischen der Weiber und etwas staubige Luft zum Atmen.»

Gurios, der Gärtner, war eine bekannte Figur am Tempel, ein Unikum. Seit Manis gehen konnte, kannte er den schrulligen Alten, der sich täglich und auch oft in der Nacht in den Gärten hinter dem Tempel zu schaffen machte. Was genau die Aufgabe war, die er zu erfüllen hatte, war Manis nie klar geworden. Er war eine Mischung zwischen einem Pensionär, der im hohen Alter gnädig für den Lebensabend im Kloster behalten wird, und einem aufsässigen Lehrer, der den jüngeren unerfahrenen Gärtnern auf die Finger schaut und ihnen ungebetene Ratschläge erteilt. Oft war er ohne ersichtlichen Grund für einige Tage verschwunden, um dann wieder aufzutauchen mit irgendeinem Gewächs, einem Tier, einem Stein, oder auch einfach so.

Die Kinder am Tempel versuchten manchmal, den Alten aus seiner Gleichgültigkeit allen Tempelbewohnern und Tempelregeln gegenüber herauszurütteln, was er einfach ignorierte. Wenn ihm die Plaggeister allzu lästig wurden, quittierte er ihre Neckereien mit einigen ziellosen Stockschlägen. Die ärgerlichen Biester musste man sich vom Hals halten.

Es wurde kühl, und sie schauten sich um, wo sie am besten die Nacht verbringen könnten. Manis inspizierte eine Höhle etwas oberhalb des Tempels, die noch in leidlich gutem Zustand war. Mit einigen Zweigen wischten sie Schutt und Steine vom Boden weg, holten von weiter oben frische Äste und bauten sich daraus ein Lager. Bald war die Höhle ein annehmbares Heim, wenigstens fürs Erste.

Sie rührten sich nicht, als sie mitten in der Nacht seltsame Laute hörten. Steine und Geröll wurden herumgeschoben, eine hölzerne Schaufel kratzte. Manis konnte drei missmutige Stimmen unterscheiden, die fluchten, keiften, sich stritten und sich gegenseitig Vorwürfe machten, wer denn eigentlich auf die unsinnige Idee gekommen sei, in solch hoffnungsloser Dunkelheit nach etwas zu suchen. Bald entfernten sich die Stimmen, und darauf war es wieder still.

Solches sollte sich in den kommenden Nächten noch häufig wiederholen. Manis und Gurios und die Ziege gewöhnten sich an die Geräusche, und es hätte ihnen bald etwas gefehlt, wenn keine heimlichen Schatzsucher die Nacht mit ihrem fruchtlosen Herumgeistern belebt hätten.

3

Zwei zerzauste Gestalten krochen am nächsten Morgen aus ihrem Unterschlupf und verstanden die Welt vorerst überhaupt nicht mehr. Die Sonne schien, wenn auch durch etwas trübe Luft hindurch. Sie rüttelten und schüttelten sich, um ganz wach zu werden, und schauten sich entgeistert um.

Weiter oben sahen sie die Ziege friedlich an einem Bach trinken und merkten immerhin auf diese Weise, dass die Quelle am Abhang gegen den Juchtas hinauf noch so munter wie eh floss.

Das einzige, was von der ganzen Tempelanlage geblieben war, war der herrliche Blick weit gegen Norden, über Knossos hinaus aufs Meer. Mit Freude stellten sie fest, dass die trübe Luft schon merklich klarer geworden war.

Das Herbeischaffen des ersten Frühstücks brauchte einige Zeit. Auf einer gründlichen Inspektionstour durch die zerstörte Tempelanlage entdeckten sie, dass Kräuter und Gemüse in den weiter oben liegenden Gärten das Beben und den Brand mehr oder weniger unbeschadet überstanden hatten. Um Gemüse und Obst brauchten sie sich also nicht zu sorgen.

Gurios liess es sich gern gefallen, dass der Junge, mit welchem er zufällig zusammengestossen war und nun die Höhle teilte, ihn auch artig bediente. Er schickte ihn nach Wasser an der Quelle, er hiess ihn die Ziege herbeischaffen und erklärte ihm, wie er sie am erfolgreichsten melken könne, und lehrte ihn, welches die schmackhaftesten Melonen waren.

Willig lief Manis hin und her und führte all die Befehle aus. Er war froh, etwas Nützliches tun zu können und sachgerecht angeleitet zu werden.

«Ich habe schon bessere Zeiten gesehen als diese Bequemlichkeiten hier.»

Gurios räkelte sich genüsslich in der Morgensonne, als er endlich einen einigermassen bequemen Sitzplatz gefunden hatte. Er trank in grossen Schlücken frische Milch, die Manis ihm in einer gewölbten Scherbe reichte, welche er aus den Trümmern hervorgeklaubt hatte.

Schliesslich setzte sich auch Manis hin zu einem Frühstück aus Melone und Milch. Gurios nahm nochmals einen grossen Schluck, dann hüstelte er vielversprechend. Er schien etwas Spannendes auf Lager zu haben.

«Man sieht es mir vielleicht nicht mehr an, aber ich habe einmal den braunen Überwurf eines Priesternovizen am Tempel getragen.»

Vor Stolz an diese gehobene Erinnerung wuchs Gurios um wenige Fingerbreiten in die Höhe. Sein gebeugter Rücken streckte sich jugendlich. Wirklich, er hatte bessere Zeiten gesehen.

«Ach so.»

Der Ausbruch der Verwunderung und die Ehrfurchtsbezeugung, die hier angebracht gewesen wären, blieben aus. Manis zerrte mit seinen Zähnen die letzten Reste des Fruchtfleisches von der Melonenrinde ab. Er konzentrierte sich darauf, noch möglichst viel Saft aus der Schale zu saugen. Die Melone war vorzüglich, gepflegte Tempel-Qualität.

Gurios hatte sich wohl nicht deutlich genug ausgedrückt.

«Ich war einmal Schreiber am Palast, in der Abteilung für Agrarprodukte aus der Messara.»

Manis blickte scharf auf das Meer hinaus, wo ein Schiff hinter Dia, der kleinen Felseninsel vor Knossos, auftauchte. Es schien gefährlich nahe beim Ufer. Er hielt den Atem an. Würde das Schiff wohl zerschellen an der Klippe?

«Am Schluss, als ich Gärtner war, Spezialist für Heilkräuter, hat natürlich niemand bemerkt, wen er vor sich hat. Wer hätte es mir hier oben angesehen, dass der alte Gurios auch schreiben kann!» Er hielt inne und gab seinem Zuhörer ausgiebig Gelegenheit zu einer angemessenen Reaktion. Nichts geschah.

«Ein sauberes, gut leserliches Linear hab ich geschrieben.»

Noch gespannter blickte Manis auf das Schiff.

«Weißt du, ich meine Linear, die kretische Schrift, die man mit einem spitzen Stift in Ton einritzt,» erklärte Gurios geduldig.

Manis atmete erleichtert auf, das Schiff war glücklich um die Klippe herum gesegelt und war nun in Sicherheit. Die letzten Worte klangen ihm noch im Ohr.

«Ach ja, Linear, das krieg ich auch recht sauber hin, das ist ja einfach. Mit der Keilschrift aus Byblos tue ich mich schwerer.»

Gurios verschluckte sich, hustete, spuckte aus und wischte sich rasch mit der Hand den Mund.

«Du ... du kannst auch schreiben?» stieß er hervor, «wo hast denn du das gelernt?»

«Den Söhnen des Obersten Priesters ist nichts erspart geblieben, auch mir, dem vierten, nicht,» seufzte Manis gelangweilt.

Das war zu viel für Gurios. Er zog einen Lappen aus einem der Überwürfe und wischte sich umständlich die Stirne trocken.

«Du bist ein Sohn des Obersten Priesters? Warum hast du mir das nicht gleich gesagt?»

«Ist das denn so wichtig? Ich dachte, du interessierst dich mehr für Pflanzen und Essen.»

Rasch schob ihm Gurios die Schale mit der Milch hin.

«Da, nimm, bedien dich.»

Gegen Abend kamen die ersten Neugierigen, um nachzuschauen, was aus dem Tempel geworden war. Es waren Leute aus Archanes, dem Dorf in der Nähe, das unerklärlicherweise beinahe nichts vom Erdbeben abgekriegt hatte. Drei Frauen und fünf Kinder stiegen hinauf zum Tempel, oder wenigstens zur Stelle, wo einmal der Tempel gestanden hatte.

Die Besucher staunten nicht wenig, als sie den Alten und den Jungen friedlich vor der Höhle am Feuer sitzen sahen, während eine Ziege in der Nähe nach Grünem suchte.

«Sieh mal einer an, das Leben am Tempel geht weiter. Wie habt ihr zwei es denn geschafft, nicht da unter diesen Steinen begraben zu werden?»

«Besuch aus Archanes! Wir sollten eher euch fragen: Wie habt ihr es denn geschafft in Archanes? Nehmt ihr einen Schluck mit uns?»

Die Kinder kletterten behende in den Trümmern herum und spielten Schatzsuchen. Von Zeit zu Zeit schrieen sie begeistert auf, wenn sie einen glänzenden oder schimmernden Gegenstand fanden oder ein Stück von einem Krug, das noch dienlich sein konnte. Die drei Frauen setzten sich zu Gurios und Manis und nahmen dankbar einen Schluck Wasser aus dem Lederbeutel.

Die eine, eine junge Bäuerin, hatte ihr Tuch fest über ihre Schultern, Arme und Hände heruntergezogen, obwohl es recht heiss war. Kaum wagte sie, ihre Haut zu entblössen. Gurios sah sogleich, dass ihre Hände rot waren von einem juckenden Hautausschlag.

«Wo hast denn du diese Flechte erwischt? Lass mal sehen!»

Er nahm ihre Hand, betrachtete sie kurz und erhob sich. So rasch es die unebene Unterlage von Steinen und Geröll erlaubte, humpelte er in den hintersten Teil des grossen Tempelgartens, dorthin, wo die besonderen Heilpflanzen wuchsen und wo das Erdbeben nicht allzu schlimm gewütet hatte. Bald kam er zurück mit einer Hand voller Kräuter. Er knetete sie, weichte sie in etwas Ziegenmilch ein und mischte eine wunderliche Paste, die er der Frau sorgfältig auf die gerötete Haut rieb.

Und das Wunder geschah – ihre Haut wurde rosig und rein.

«Bist du ein Heiler?» staunten die Frauen. «Woher hast du die Kenntnis?»

Gurios war stolz auf seinen Erfolg und hielt nicht zurück mit seinem Bericht:

«Schon als ihr alle noch nicht einmal davon träumtet, auf dieser Welt zu sein, war ich am Tempel, um Heilpflanzen zu ziehen und Salben und Tees zusammenzubrauen. In meinen früheren Jahren, nach meinen weniger erfreulichen Erlebnissen als Priesteranwärter in Knossos, war ich ein echter Heiler, auf eigene Rechnung, hoch oben am Ida in einer Höhle. Meine erfolgreichsten Kuren dienten zur Heilung der Unfruchtbarkeit,» sagte er zwinkernd, «die besonders gesucht waren, und mein Erfolg war zahlreich.»

Die Frauen lachten verlegen, doch Gurios fuhr fort:

«Dann wurde ich langsam alt, das Geschäft lief nicht mehr so leicht wie früher, und ich war froh, dass meine Kenntnisse als Kräutergärtner am Tempel von Anemospili gebraucht wurden.»

«Und wie hast du denn das Erdbeben überlebt? War da ein Zaubertrick dabei?»

«Nein, eine Vorsehung der Götter,» lachte Gurios, «ich wurde an jenem Tag zu einem kranken Bauern nach Tylissos gerufen. So habe ich das ganze Schauspiel verpasst, genau wie mein Diener, eh, mein Kamerad hier, Manis.»

Es war nicht erstaunlich, dass die drei Frauen raschmöglichst dafür sorgten, Gurios' Ruf als Heiler und Wunderwirker im Dorf und auch in der weiteren Umgebung zu verbreiten. Manche ältere Frau erinnerte sich wieder dankbar an den jungen «Gott», der früher so ertragreich gewirkt hatte.

Von diesem Moment an wurde es den ungleichen Kameraden in den Tempelruinen wahrhaftig nicht mehr langweilig, dafür sorgten schon in den nächsten Tagen Gruppen, bald Horden von Pilgern und Bittstellern.

Von weitem sah man sie herankeuchen, die Leidenden und Ratsuchenden, und Gurios hatte alle Zeit, sich zu rüsten für den Empfang. Er wurde wieder jung und erinnerte sich an die alten Zeiten, als er der gefeierte grosse Heiler am Berg war.

Er hatte schon früher eine besondere Virtuosität entwickelt, wie die verschiedenen Geplagten und Ratsuchenden zu empfangen waren. Sorgsam ausgeklügelte Strategien holte er wieder aus dem Vergessen hervor. Er spielte je nach den Umständen den Gütigen, den Weisen, den Ungehaltenen, den Zornigen, den Unnahbaren, den Überirdischen, den Denker, angepasst an den Charakter und die Besitzverhältnisse der Klienten.

War ein klar ersichtliches Leiden zu heilen, liess er ohne Umschweife die passenden Kräuter und Medizinen herbeiholen, je rascher, desto besser. War eine ehrliche, sachliche Beratung gefragt in seelischer Angelegenheit, dann war ein offenes Gespräch unter vier Augen durchaus angebracht, mit mehr oder weniger versteckten Andeutungen über die Kosten. Mühsame Querulanten wurden einige Stunden hingehalten. Und war ein erboster Zweifler im Anzug, der sich trotz Betreuung durch Gurios und trotz reicher Opfergaben von den Göttern betrogen fühlte, empfahl sich eine weltverachtende, meditativ-versunkene Haltung, oder zur Abwechslung ein Akt der Verzückung, was ein Gespräch mit dem lästigen Kunden verunmöglichte.

Dass die Pilger als Dank für Heilung oder auch ohne Grund den beiden seltsamen Einsiedlern in den Tempeltrümmern etwas mitbrachten war Ehrensache.

«Mein Kleiner hat kein Fieber mehr, dank deines Tees. Ich habe euch dafür ein Huhn mitgebracht für den Gemüsetopf.»

«Danke für die Fürbitte bei Zeus für meinen Mann, den Fischer. Er ist heil und gesund zurückgekommen. Dafür habe ich euch hier einen Fisch gebracht, und dazu gleich noch einen Topf übers Feuer.»

«Das gebrochene Bein meines Enkels ist bestens geschient, vielen Dank für den Rat. Hier habe ich euch ein kleines Bein aus Ton mitgebracht, und dazu noch den Siegelring, der dem Grossvater selig gehörte.»

Das Geschäft florierte, Tauschhandel in der Form Salbe oder Rat gegen Gabe. Die materiellen Vorteile waren in der dürftigen Lage nicht zu verachten. Eine Stange über das Feuer, ein Topf zum Kochen, ein frisch geköpftes Huhn in den Topf, ein Kohlkopf in die Hühnerbrühe, ein Sack Gerstenmehl für ein Gebäck in der Glut, eine Flasche süssen Feigensirups zur Nachspeise – der Speiseplan gestaltete sich täglich erfreulicher.

Neben edleren kleinen Wertgegenständen wurden auch grosse Stücke herbeigeschleppt.

«Ihr könnt bestimmt diesen Leuchtenständer brauchen?» sagte eine Grossmutter, «bei uns hat er keinen Platz mehr.»

Hinter ihr keuchte ein Jüngling mit einem schweren klobigen Gegenstand aus Kupfer den Hang hinauf.

«Vielen Dank, stell ihn nur ganz hinten in die Höhle.»

Dort landeten auch ein derber Tonkrug, ein Tisch mit geschwungenen Beinen, ein bemalter Hocker, und manch anderes Unförmiges, das im vorderen Teil der Wohnhöhle keinen Raum fand.

Es ging ihnen in ihrem neuen Heim wahrhaftig nicht schlecht.

4

Es liess sich recht angenehm leben – viel Besuch, nütze und noch mehr unnütze Geschenke, und dazwischen das Allerschönste: genügend Musse für Spiel und Spass.

«Triffst du mit deinem Pflaumenstein in jenen roten Topf?» und schon flog der Stein durch die Luft – daneben. Gurios war noch weiter daneben. Rasch las Manis einige Kieselsteine vom Boden auf und zielte nochmals – schon etwas näher. Der fünfte landete im Ziel.

«Wetten, dass ich das auch schaffe?» Nach einigen missglückten Versuchen gelang es auch Gurios.

Manis brachte neue Wurfgeschosse herbei. Die Distanz konnte bald vergrössert werden. Jeder bekam sechs Steine. Wer hatte mehr Treffer?

Das Spielen wurde bald einmal zur Leidenschaft. Neue Regeln und Anordnungen wurden erfunden.

Zuerst ging es vor allem ums Werfen auf verschiedene Ziele. Als weiteres Spiel versuchten sie, aus besonders geschmeidigen Zweigen seltsame Figuren zu formen, oder bei Sonnenuntergang mit den Fingern möglichst originale Schattenfiguren an die Wand zu werfen. Wenn es dunkel wurde in der Höhle, unterhielten sie sich gegenseitig mit Rätseln oder Geschichten.

Nach und nach legten sie sich eine Sammlung von Spielen an, die immer rasch zur Hand waren. Ein Dutzend schwarze und weisse

Steine, auch ein Satz Steine in allen Regenbogenfarben; ein Bund Zweige gleicher Länge und Dicke lagen jederzeit bereit. Ein ganzes Arsenal von nützlichen Objekten legten sie nach und nach an, damit sie nicht jedesmal erst draussen suchen mussten, wenn sie die Lust zu einem Spielchen überkam.

Das waren jedoch alles bescheidene Vorgeplänkel. Die echte Spielsucht, die alle bisherigen Spielereien in den Schatten stellte, kam durch eine besondere Gabe, die urplötzlich in das geruhsame Höhlenleben hineinplatzte und es vollständig veränderte, und zwar folgendermassen:

Eines Tages kam der alte Karsios schwer atmend und schwitzend zu ihnen hinaufgekeucht. Er trug wie stets seinen abgeschabten Wollmantel, aus welchem eine undefinierbare Duftwolke aufstieg, eine Mischung aus Grünspan, Knoblauch und Schweiss. Auch an den heissesten Tagen im Sommer zog er den Mantel nicht aus. Obwohl er schon die fünfzig überschritten hatte, wucherten die dunklen Haare auf seinem Kopf in unzähligen kleingeringelten Löckchen, was ihm einen südlich-afrikanischen Anstrich gab. Darauf angesprochen beteuerte er aber stets vehement, ein urechter Kreter zu sein, und nichts, auch rein gar nichts von Libyen im Blut zu haben.

Er war Pfandleiher und besass eine dubiose Bude in der Nähe des Hafens, wo er schwammige, aber anscheinend recht lukrative Geschäfte abwickelte. Wer Gold brauchte, brachte ihm irgend etwas Wertvolles, sei es aus Kupfer oder Bronze, aus Kristall, ein Schmuckstück, ein Gefäss, Amulette, und dafür lieh Karsios ihm einige Goldstücke. Er erkundigte sich prinzipiell nicht, woher die Ware kam. Als Antwort hätte er ja doch nur jedesmal gehört, neben lautem Wehklagen, es sei das letzte Familien-Erbstück. Meist war die Transaktion auch von Karsios' Seite von elendem Jammern begleitet, er werde sein Gold nie wieder sehen und für den als Pfand zurückgelassenen Plunder werde er nicht einen Zehntel des geliehenen Goldes bekommen.

Die Pfandfrist war auf fünf Monde beschränkt, und kaum war die Frist abgelaufen, brachte er die bis dahin gehüteten Pfänder mit bewundernswertem Gespür an einen neuen Besitzer. Zehn- bis zwanzigfacher Gewinn war ihm nicht unbekannt. Jedenfalls schien das Geschäft nicht allzu schlecht zu rentieren, auch wenn er sich hütete, seinen Reichtum allzu vordergründig zur Schau zu stellen.

«Ich bringe euch etwas, das ihr einem von euren Göttern oder Göttinnen darbringen könnt.»

Nach einigem Prusten und Husten, rasch beruhigt durch einen kräftigen Schluck Kräuterelixier, fuhr er weiter: «Ihr kennt ja wohl besser als ich einen, dem so etwas Freude bereiten könnte.»

Nach einem weiteren Hustenanfall klaubte er aus seiner Tasche ein abgegriffenes Ledersäckchen hervor, stülpte es und leerte den Inhalt auf einen niedrigen Hocker.

Was herausfiel, war ein Häufchen kleiner Dinge, noch nie gesehene Gebilde, fremdartig, unbekannt, faszinierend.

Gebannt schaute Manis auf den Haufen, dann schaute er Gurios an. Ihm erging es gleich, auch er war berückt, verzaubert. Beide schwiegen sie. Manis schien es, als ob von jedem der kleinen Dinge ein geisterhafter Schein ausgehe, als erhellten sie die ganze Höhle. Karsios hingegen sass unberührt da, für ihn war das eine Anzahl nutzloser Objekte.

Lange blieben die drei stumm und rührten sich nicht.

Endlich streckten Manis und Gurios gleichzeitig die Hand aus, und scheu nahmen sie mit spitzen Fingern je ein Stück, um es genauer anzusehen.

Seltsame kleine Wesen. Alle hatten sie die gleiche Form und Grösse, und doch war jedes wieder anders. Auf einem Stiel oder Halter aus festem Holz, ungefähr in der Länge eines kleinen Fingers, sass ein Stück Speckstein mit einer glatten Fläche so gross wie eine Fingerbeere.

Das Einzigartige, das Leuchtende war, dass auf dieser glatten Fläche bei jedem der Dinge aus dem Speckstein heraus ein äusserst scharfes, delikates Relief geschnitzt worden war, das eine klare eindeutige Figur darstellte. Stück um Stück nahmen sie die zauberhaften Gebilde in die Hand und betrachteten sie lange. Mit jedem Stück wuchs ihr Erstaunen und ihre Begeisterung.

Gespannt blickte der Händler auf Gurios, was er wohl den kuriosen Gebilden für einen Zweck zuschreiben würde. Doch der schüttelte den Kopf, er war ratlos, so etwas hatte er noch nie gesehen.

Karsios unterbrach das gespannte Schweigen.

«Schon ein Jahr ist es her, dass mir diese Sonderlinge ins Haus geflogen sind, und zwar in dunkler Nacht. Ich hatte den Laden schon geschlossen, da zwängte sich ein Unbekannter von hinten in meine Schlafkammer hinein, ein schmuddelig und verwahrlost aussehender düsterer Fremder. Stellt euch vor, wie ich erschrak. Der zog aus dem Saum seiner Soutane diesen Beutel und legte ihn vor meine Nase, ungefragt. Mit einer Stimme, die ich nicht so schnell vergesse, drängend und flüsternd, bat er mich, ihm zwanzig Minas zu leihen, die er äusserst dringend brauche. Eine anständige Summe! Er werde das Gold bald zurückbringen und dafür dies als Pfand hinterlassen, das hundertmal wertvoller sei.»

Karsios machte eine Pause, um den Wert der Gabe gebührend einsinken zu lassen.

«Wie er den Beutel ausleert, fallen diese 45 kleinen Nichtsnutze heraus.» Wieder hielt Karsios inne und wartete.

«Die bringe ich euch als Opfergabe.»

Manis und Gurios hörten nur mit halbem Ohr zu, sie waren vertieft in das Betrachten der Gegenstände.

«So überzeugt vom Wert war ich natürlich nicht, ich kenne mich ja aus. Aber der Fremde hatte eine solch verzweifelte Stimme und wirkte zugleich so bedrohlich, dass ich nicht anders konnte als ihm willfährig zu sein. Ich bin wahrhaftig an allerhand Typen gewohnt in meinem Laden, doch das ging über das alltägliche Mass hinaus. Ich war heilfroh, den unheimlichen Kunden raschmöglichst aus meinem Zimmer zu haben.»

Entgegen seinem üblichen Geschäftsgebaren, ohne viel Feilschen und Diskutieren, hatte Karsios das Verlangte sofort herausgegeben. Kaum hatte der unheimliche Kunde das Gold in den Händen, war der auch schon im Dunkeln verschwunden. Die Gelegenheit zu fragen, welche Bewandtnis es denn eigentlich mit den kleinen Dingen habe, war verpasst.

«Natürlich habe ich nie mehr etwas von ihm gesehen oder gehört. Der Gauner hat sich wohl zu Tode gesoffen mit dem Gold oder ist ins Wasser gefallen, oder vielleicht ist er gehängt worden!»

Karsios schüttelte sich, als er an den widerlichen Lieferanten dachte.

«Es ist jetzt über ein Jahr her, dass ich den Beutel habe, und – « er hielt im letzten Augenblick inne. Beinah wäre er fortgefahren: «.. ich wage nicht, den Plunder zu einem anständigen Preis anzubieten, denn wer will schon etwas so Absurdes?» Das hätte die Gabe an die Götter nicht ins rechte Licht gerückt. Also sagte er vorerst nichts und dachte nach.

Plötzlich erhellte sich seine Miene, er atmete kräftig und geräuschvoll ein und liess seinen Blick so vergeistigt, wie es nur gelang, gegen den Himmel schweifen.

«Gestern, nach einem gelungenen Geschäft, ist mir im Traum eine Göttin erschienen und hat mir geraten, ja mich genötigt, endlich wieder einmal ein Opfer darzubringen, da doch die Geschäfte anständig liefen. Sie hatte recht, es ist höchste Zeit, wieder einmal etwas in dieser Richtung zu tun, um den Schwung beizubehalten.

Also habe ich mir lange überlegt, was ich wohl als Opfergabe darbringen könnte. Warum bring ich nicht die kleinen, überaus köstlichen Dingerchen da dem Gurios, der ist bestimmt klüger als alle meine Kunden und hat einen direkteren Zugang zu Göttern. Die Götter wissen bestimmt, was anfangen mit dem Zeug und werden ihre Freude daran haben.»

Nach einem kräftigen Schluck Kräutersaft stapfte Karsios zufrieden mit dem Tag und sich selber den Abhang hinunter, erleichtert um das ärgerliche klimpernde Beutelchen, dafür mit einem Tontöpfchen voll lindernder Salbe zur Behebung von Gliederschmerzen in der Tasche.

Da lagen nun die kleinen Intriganten mit ihrem überirdischen Schimmer. Es half nichts, zur Tagesordnung überzugehen und sich der Herstellung des Essens zu widmen, wie es der Sonnenstand gebot – die kleinen Kobolde lagen da und liessen die Spielsüchtigen nicht los. Sie machten die Betrachter kribbelig. Es war unmöglich, ihrem Sog trotzen zu wollen. Sie waren unwiderstehlich. Immer wieder ging einer hin, hob einen Fingerling auf und betrachtete ihn genau.

«Sieh mal an, ein Kopf mit aufgestelltem Haar.»

«Hast du das da schon gesehen? Ein ganzes Haus mit mehreren Stockwerken.»

«Wie hübsch, dieser Kamm!»

«Und die dicke Frau da, was hält sie denn mit der Hand fest?»

«Schau dir diesen Vogel an! Er fliegt und hat erst noch eine Beute in den Krallen!»

«Der nackte Mann hier scheint gefesselt, seine Hände sind auf den Rücken gebunden!»

Schliesslich erlagen sie der Verlockung ganz, liessen ihre Hausgeschäfte stehen und setzten sich hin, um die Sache gründlich zu untersuchen. Lustvoll wühlten sie in dem Haufen herum, nahmen Stück für Stück in die Hand. Immer wieder entdeckten sie originelle Einzelheiten.

Sie waren sich bald einig, dass es sich um Figuren für ein Spiel handeln müsse.

Gleich probierten sie ihre vorherigen Spiele aus und zielten mit den neuen edleren Wurfgeschossen anstelle der rudimentären Steine. Doch kaum hatten sie die ersten Objekte auf ein Ziel geworfen, spürten sie sogleich, wie sie sich sträubten. Die kleinen Dinge waren zu edel, zu einmalig, zu besonders, zu vollkommen, um als blosse Wurfgeschosse gebraucht oder eher missbraucht zu werden, auch wenn sie sich zugegebenermassen besonders gut halten und wirbeln liessen. Es waren nicht einfach handliche Stücke Holz mit Steatit-Spitze. Das Besondere daran waren ja die Reliefbilder auf der Flachseite, die so unglaublich delikat gearbeitet waren, so präzis, so haarfein, so sauber, so klar aus der spiegelglatten Fläche heraustachen, 45 verschiedene Bilder, winzig, aber vollkommen. Wer immer diese Spielsteine geschaffen hatte, für den waren bestimmt die Bilder nicht blosse Dekoration, sondern das Wesentliche.

Gurios und Manis vergassen ihr Nachtessen und gaben sich dem neuen Wunder hin. Neben den verschiedenen Menschen und Körperteilen fanden sie auch vieles, was sich auf Tiere bezog. Da war etwa ein Widderkopf oder ein Fisch oder ein Fell. Auch ein flottes Schiff war dabei. Andere Bilder waren ihnen nicht gleich klar, so ein Kreis mit sieben grösseren Punkten, der wie ein originelles Spielbrett aussah, oder der Ast, bei dem man auch an einen Tischlerhobel oder eine Weggabelung denken konnte, oder das Joch – oder waren es Berge? Der Zimmermannswinkel könnte auch ein Bumerang sein, fanden sie. Und war da eine verbundene Hand, oder war ein Handschuh gemeint? War das längliche Ding eine Säule, oder eher ein Hammer oder gar eine Keule? Am ehesten sah es noch aus wie eins der Dinge, die sie in der Hand hielten. Und die Axt? Keine übliche Doppelaxt.

Einige Bilder brachten sie zum Lachen, da jeder etwas anderes sah.

«Hast du die hübsche Mütze schon gesehen?»

«Mütze? Bist du naiv. Eine Frauenbrust ist das, ich kenne mich aus,» bestimmte Gurios.

Und in Bälde war eine Anzahl neuer Spiele geboren, die nichts mehr mit den alten, grobschlächtigen gemeinsam hatten. Sie übertrafen sich im Erfinden neuer Regeln und Spielanweisungen:

- Mit geschlossenen Augen aus einer Schale abwechslungsweise eine Figur ziehen, und Sieger war einmal, wer möglichst viele Menschen, ein anderes Mal, wer viel Tierisches gefischt hatte.
- Versuchen, die Bildchen mit dem Tastsinn zu erfühlen, wie Blinde es tun.
- Eine Art Schwarzpeter-Spiel: abwechslungsweise einen Stein ziehen, und wer zuerst den Krieger mit den ruppigen Haaren zog, hatte verloren, oder gewonnen, je nachdem.
  Anspruchsvolleren Versionen, gegen Abend zu spielen, in der Dämmerung, entsprachen etwa die folgenden Anordnungen:
- Fünf Steine ziehen, und aus den so zufällig zusammengestellten Bildern eine Geschichte erfinden.
- Mit dem ersten Bild eine Geschichte beginnen, die der andere mit dem nächsten von ihm gezogenen Stein fortsetzt, und so weiter, Bild um Bild.

Sie wurden auf die Spielsteine gierig, richtig süchtig. Die kleinen Dinge schienen lebendig zu werden, kaum sah man sie an, und begannen geheimnisvoll zu locken im Licht des Herdfeuers – schon war es wieder geschehen. Alles war vergessen, und das Spiel begann.

Die Figuren wurden ihnen so kostbar wie eigene Kinder, sie hüteten sie eifersüchtig vor den Blicken anderer und versteckten sie jedesmal rasch, wenn sich Fremde näherten. Niemand sollte ein Auge darauf werfen dürfen. Warum eigentlich, hätten sie selbst nicht genau sagen können. Die Steine hatten einen mysteriösen Sinn, dessen waren sie sicher. Was der Sinn genau war, war ihnen zunächst noch verborgen, aber einmal würden sie ihn schon herausfinden. Es war ihr ureigenstes Geheimnis, das sie selber noch nicht gelöst hatten.

5

Es dauerte nicht sehr lange, da machte Manis eine umwerfende Entdeckung, *die* Entdeckung.

Er war damit beschäftigt, einige Keile in ein Tontäfelchen zu schreiben, in der einfachen kretischen Linear-Schrift, die sie beide kannten. Er hatte zufällig eines der Spielsteinchen in der Hand und drückte es in den weichen Ton, einfach so – und sogleich erschien ein klar gestochenes, hübsches Bild deutlich in der Knetmasse. Rasch holte er die anderen Stücke hervor und versuchte es mit einigen weiteren – tatsächlich, jedes einzelne Bild war unverkennbar, ergab eine klare Zeichnung und blieb fest im Ton drin. Und das Bild liess sich in gleicher Deutlichkeit beliebig oft wiederholen.

Wenig war ihm bewusst, dass noch mehrere tausend Jahre vergehen würden, bis gescheite Leute im Norden dieses selbe Prinzip des Drucks mit festen Stempeln zu allgemeinem Nutzen noch einmal von Grund auf erfinden würden.

Auch Gurios war begeistert von der neu entdeckten Verwendung der Spieldinger und war überzeugt, dass dies ihr eigentlicher Zweck sei: Mit den Stempeln konnten Zeichen von hervorragender Qualität auf Ton festgehalten werden. Die Zeichen, die so entstanden, übertrafen alles, was ein Schreiber, sei er auch noch so sorgfältig und pedantisch, je an Genauigkeit hinkriegte. So schön, so exakt, so einheitlich war noch nie eine Tonscheibe beschriftet worden. Und praktisch war es zudem, denn man musste nicht jedesmal ein Stück Holz finden, das noch scharf genug geschnitzt war. Von der Arbeitsersparnis gar nicht zu reden, denn es musste nicht jedesmal dasselbe Zeichen von Grund auf neu eingeritzt werden. Auch bei schwächerem Licht, nach Sonnenuntergang, liessen sich nun Zeichen akkurat und wie gestochen im wahrsten Sinne des Wortes in Ton prägen.

Gleich wurde diese Entdeckung ausgewertet. Jetzt, wo sie genau wussten, was die kleinen Dinge für einen Zweck hatten – es waren unzweifelhaft echte Stempel, mit denen man Zeichen beliebig oft klar auf Ton festhalten konnte – schienen sie ihnen nicht mehr so geheimnisvoll. In ihrer ganzen Verspieltheit waren es nützliche Gegenstände, zu gebrauchen zu einem nüchtern praktischen Zweck, nämlich zum Festhalten von Gesagtem und Geschehenem zur Erleichterung der Kommunikation.

Erst schrieben sie mit den 45 Zeichen auch 45 Wörter, doch bald merkten sie, dass man, je nachdem, viel mehr ausdrücken konnte, eigentlich ziemlich alles, fanden sie. Unermüdlich schauten sie die Bildchen an und stellten sich vor, was sie alles bedeuten könnten. Die Bilder liessen sich genau für das verwenden, was sie darstellten: ein Kind ein Kind, ein Haus ein Haus, ein Fell ein Fell. Doch waren sie auch für viel anderes zu gebrauchen: Das Haus stand nicht nur für ein solid gebautes Haus, sondern für irgendeine Wohnstatt, also für die Höhle oder für den Palast im Tal unten. Ein Tierfell? Es konnte die Ziegen wiedergeben, die draussen vorbeikamen, oder aber es drückte aus, dass es kalt sei und man ein Schaffell brauche, um sich zu wärmen. Vielleicht war auch etwas los mit einem Tier, und es brauchte Hilfe. Der Krug stand für Krug oder allgemein Gefäss, aber auch für das Getränk, das er enthielt. Andere Bilder hingegen gaben von vornherein Rätsel auf oder waren mehrdeutig, daher für alles Mögliche zu gebrauchen.

Die Wellenlinie konnte Wasser ausdrücken, auch das Meer, und da der Quell neben ihnen lebendig war und unentwegt floss, verwendeten sie auch das Wellenzeichen, um etwas Verflossenes auszudrücken. Manis erinnerte sich vage, in einer Unterrichtsstunde gehört zu haben, dass die Ägypter das so hielten.

Mit etwas Phantasie und Grosszügigkeit lernten sie, eine Menge Dinge auszudrücken. Das leidige Problem, ob die Zeichen ursprünglich Buchstaben oder Silben oder Wörter oder eine Mischung der drei, oder aber Zahlen oder Himmelskörper oder etwas völlig anderes auszudrücken hatten, beschäftigte sie keine Sekunde lang. Für sie war klar, dass die Zeichen so eingesetzt werden mussten, dass sie das ausdrückten, was ihnen im Moment wichtig war, was sie im Augenblick ausdrücken wollten, und was der andere mit etwas Phantasie und Nachdenken auch entziffern konnte.

Sie rätselten auch nicht besonders lange, woher die Objekte eigentlich kamen. Wer wohl was, wer wohl wo, wer wohl warum mit diesen Stempeln geschrieben haben könnte. Ob luwisch oder mesopotamisch oder zypriotisch oder ägyptisch, das war ja auch völlig egal, da für sie ein Kopf ein Kopf war, in jeder Sprache. Und sie quälten sich auch nicht herauszufinden, ob wohl schon vieles gedruckt worden war mit diesen Stempeln, und wenn, was denn eigentlich. Hatte jemand schon eine Zeitung, ein Buch, einen Kalender drucken wollen? Oder war damit schon eine Botschaft, ein Gebet, eine Staatsgründungsurkunde, ein Hilfeschrei geschrieben worden? Auch kümmerte es sie nicht, ob die Stempelchen erst hergestellt und dann sogleich im Neuzustand weggegeben worden waren, bevor jemand sie hatte einsetzen können zu ihrem tatsächlichen Nutzen, nämlich zur Massenherstellung eines Schriftstückes.

Für solches Rätseln und Knobeln und Tüfteln war in den nächsten Jahrtausenden noch genügend Zeit. Sehr viel später sollten dann analytischere Köpfe im fernen Norden oben zum Dampfen kommen, wenn auch nicht unbedingt zu einer überzeugenden Lösung.

Ungeahnte Möglichkeiten eröffneten sich. Anstatt sich mit dem unkünstlerischen langweiligen Linear herumzuschlagen und trockene Strich-Nachrichten zu hinterlassen, wenn der eine der Partner weg war, erfüllte jetzt ein hübsches Bildchen den Zweck.

Manis wählte für sich das Bild des schreitenden Mannes, und Gurios gefiel der Kopf mit dem Kopfschmuck am besten als sein persönlicher Stempel, wohl zur Kompensation, weil es mit seinem Haarwuchs nicht zum besten stand.

Wenn etwa Manis das Männchen stempelte und daneben den Topf, wollte er damit sagen, dass er Hunger habe und bald zurückkomme, um mit Gurios zu essen. Ging nun Manis während der Abwesenheit von Gurios die Ziege melken, drückte er auf ein Tonplättchen sein eigenes Zeichen, und daneben den Kopf des Tieres samt dem Topf. War Gurios weggegangen, um Kräuter zu sammeln oder um Salat zu holen, presste er auf das Täfelchen sein Kopfzeichen, daneben die Pflanze, und wenn der Ausflug etwas länger dauern würde, kamen noch die Wellenlinien dazu. War Manis gar im Palast unten, in der Stadt, drückte er mit besonderem Genuss das Zeichen mit dem seltsamen Haus in den Ton. Einige Ähren sagten noch: ich bringe Fladenbrot mit. Das Schiff dabei: ich gehe auch noch ans Meer. Der Fisch dazu: ich bringe Fische, oder vielleicht einfach: ich gehe schwimmen.

Die Schreibkünste nahmen immer kühnere Formen an, die beiden Schreiber übertrafen sich im Erfinden von Botschaften. Die ersten Meldungen kamen mit zwei oder drei Zeichen aus, dann wurden die Mitteilungen immer länger und ausgeklügelter, und mehrere Zeichen wurden schliesslich durch Striche abgegrenzt. Bald waren sie imstande, auch eine längere Nachricht zu formulieren. Oft brauchte der andere nicht allzu lange, um sie zu verstehen, doch es konnte auch geschehen, dass der Empfänger mit dem besten Willen der verschlüsselten Botschaft keinen Sinn abringen konnte. Da gab es manches zu lachen, wenn einer den Text falsch deutete, sich vergeblich auf etwas freute oder weglief, wenn er hätte warten sollen. Wer könnte schon eine Botschaft wie die folgende zweifelsfrei entziffern?

Das sollte heissen: „ein kleines Kind hatte von einem Tier eine Verletzung, wie mit einem Messer, an der Wange. Ich Gurios ging Kräuter holen. Die dankbare Mutter hat einen Topf Bienen-Honig hinterlassen."

Die Rätsel, die sie einander auf diese Art aufgaben, erfüllten sie mehr und mehr mit Begeisterung und Eifer. Nachdem zunächst nur praktische Dinge auf Haushaltebene formuliert wurden, wagten sie sich schliesslich auch an schwierigere Botschaften eher abstrakten Inhalts, etwa um Hunger oder Glück auszudrücken, oder Müdigkeit, oder Langeweile, oder um einen Witz zu erzählen.

Diese Botschaft sollte etwa ausdrücken: Manis ist schon lange Zeit irgendeinen Weg gegangen. Gurios vermisst ihn sehr, er möchte gern wieder einmal ein Spiel machen.

(Tabelle sämtlicher 45 Zeichen im Anhang)

6

Es war heiss und stickig in seinem Gemach in Knossos. Odakos konnte beim besten Willen nicht einschlafen. Der Kohlgeruch vom Abendessen wollte und wollte sich nicht aus seinem Zimmer verflüchtigen. Wenigstens stachen die harten Strohhalme seiner Unterlage nicht mehr in den Rücken. Das alte Lager, eine völlig durchgelegene und abgewetzte Strohmatratze, überzogen mit einem kratzenden, durchlöcherten Stoff, hatte er erfolgreich gegen ein blütenreines, neues ausgetauscht. Ein sonnigeres, etwas grösseres Zimmer hatte er sich schon vor wenigen Wochen geleistet.

Das alles hatte er getan zur Verbesserung der Chancen in seinen amourösen Beziehungen. Doch trotz des gediegenen Lagers und des besseren Raumes war sein Erfolg bei Damen, bei Damen aus den gehobeneren Schichten, versteht sich, immer noch minimal. Dass er in seine alte Bude keine anständige Dame hatte locken können, nur billige alte Dirnen, die um jedes geringe Entgelt zu haben waren, war ja verständlich. Doch warum klappte es denn mit den Damen trotz der markanten und kostspieligen Verbesserungen immer noch nicht zu seiner Zufriedenheit?

Anscheinend war das weder der Wohnsituation noch dem Mobiliar anzulasten. Es musste noch etwas anderes sein.

Wenn er mit sich ehrlich war, wusste er es genau: das Hauptproblem war seine Stellung in der knossischen Gesellschaft. Da galt eine unerträglich enge Hierarchie. Wie streng und steif und vor allem wie ungerecht die doch aufgebaut war! Wollte jemand wirklich aufsteigen, in den besseren Kreisen respektiert sein, edle Damen zu Gesellschafterinnen haben, dann musste er Priester sein. Die unterste Stufe auf der Priesterleiter, Novize, würde genügen.

Die Galle kam ihm hoch, als er an die gestrige Schlappe dachte. Im Palast war wieder einmal ein junger Priester-Anwärter, der blasierte Polianos, vor seine Nase gesetzt worden. Die dünkelhaften Wichtigtuer, die im Palast das Sagen hatten, hatten Odakos schon wieder übergangen. Er, der langjährige treue Steuereintreiber, wäre doch wirklich der passende Kandidat gewesen für das leichtere und auch lukrativere Amt eines Schatzverwalters, das zu vergeben war, samt dem Titel eines Novizen-Priesters. Wie viele Kettchen, Ringe und Gemmen er schon vertraulich blinzelnd in Beamtenhände gedrückt hatte, wie viele Male er schon die Bezahlung für die Getränke, nicht die billigsten, in der Palast-Kantine übernommen hatte – alles pure Verschwendung, Grosszügigkeit in den Dreck geworfen, nichts, rein gar nichts hatte ihm das alles bis jetzt gebracht, höchstens ein herablassendes Lächeln.

Ja, die Praxis der Beförderungen im Palast war eine himmelschreiende Ungerechtigkeit, eine Gemeinheit, ein einziges gigantisches Ärgernis.

«Odakos, du möchtest gern Schatzverwalter werden? Ja wie ist das? Kannst du jetzt lesen und schreiben?»

Ein Gifttropfen in seine offene Wunde! Er konnte wohl schlecht und recht die allernotwendigsten Wörter, die zu Abrechnungszwecken nötig waren, entziffern, etwa «Schaf», «Gefäss», «Gold» und einiges an Zahlen, im ganzen ein knappes Dutzend Wörter. Aber die hochnäsigen Priester liessen das nicht als «Lesen» gelten. Was war es denn sonst?

Dieses ständige Beharren auf Lesen und Schreiben! Gab es denn nicht auch Fähigkeiten, die dem Lesen haushoch überlegen waren, was den reinen Nutzen betraf? Die Finger beider Hände hätte er gebraucht, um die Fertigkeiten zu zählen, in welchen er ein Meister war. Mancher, eigentlich alle diese eingebildeten Priester hätten ihm nicht das Wasser reichen können, etwa wenn es darum ging, Ziegen zu beurteilen – Hörner, Fell, Zähne. Oder Brennholz – mit einem geübten Blick erkannte er sogleich, ob ein Scheit rasch verbrennen oder lange glimmen und kräftig Wärme abgeben würde. Von Fischen ganz zu schweigen. Welcher Priester konnte schon vom blossen Ansehen her beurteilen, ob ein Fisch munden, im Munde zart wie Butter zergehen würde? Oder beim Testen von Getränken war sein Gaumen so sicher, dass er mit dem winzigsten Schluck bestimmen konnte, ob ein Schnaps rein war oder mit einem billigeren Wässerchen gestreckt. In solchen Dingen war er ein wahrer Tausendsassa.

Aber damit einer Priester werden konnte, zählte überhaupt nichts als Lesen und Schreiben, Lesen und Schreiben, Lesen und Schreiben, wie wenn davon schon jemand satt geworden wäre. Lächerlich!

«Es ist doch unmöglich, meine Augen sind so schwach, ich kann die Striche nicht klar genug sehen.»

Wie oft hatte er schon diesen Spruch heruntergeleiert, empört, oder weinerlich, oder resigniert. Jedesmal ein süffisantes Lächeln als Antwort, oder gar ein lautes Lachen.

«Dann gib dir Mühe und übe ein bisschen, immerhin bist du ein Meister im Erkennen, ob eine Gemme eine fein eingeritzte Szene oder nur grobe Zeichen zeigt, und gestern hast du mir doch ein Rollsiegel geschenkt, von welchem du mir die Bilder genau beschrieben hast. Versuch's doch nochmals mit der Schrift – es ist nicht allzu schwer. Der junge Polianos, der jetzt eben den Posten gekriegt hat, liest zwei Täfelchen in einem Atemzug, und im Schreiben ist er flinker als unser oberster Schreiber, der ja auch nicht langsam ist. Von seinen Fremdsprachenkenntnissen ganz zu schweigen.»

Immer die gleiche Antwort. Natürlich sah er die Schrift so deutlich wie die Schuppen auf einem Fisch, er konnte auch aufs Genaueste erkennen, was in einem Goldring oder auf einer Gemme eingeritzt war. Aber die Striche, welche zu Worten zusammengefügt werden sollten, die schauten in seinen Augen einer wie der andere aus. Odakos konnte mit dem besten Willen keinen Unterschied zwischen den vielen wirren Zeichen erkennen, geschweige denn im Kopf behalten. Und wenn er bedachte, dass es gegen neunzig oder gar hundert verschiedene Zeichen waren, die man kennen sollte, dann wurde ihm duselig.

Zugegeben, er hatte schon verschiedenste Versuche unternommen, sich mit den Schriftzeichen anzufreunden. Aber irgendwie war der Funke nicht gesprungen,.

Immerhin konnte er sich glücklich schätzen, dass er überhaupt eine Anstellung am Palast erhalten hatte, damals, als manches noch wesentlich einfacher war. Es war schon lange her, dass sie ihn angenommen hatten. Heute, wenn er sich die Anforderungen in den Stellenausschreibungen anhörte, wurde ihm schwindlig. Nicht nur Schreiben und Lesen war gefordert, neben Meisterschaft mit Zahlen, da waren in der Handelsabteilung neuerdings Kenntnisse über die Welt, über Länder und Gegenden gefragt, welche zur Zeit, als er jung war, noch gar nicht existierten.

Allzu wünschenswert erschienen ihm allerdings diese heutigen Welt-Kenntnisse auch wieder nicht. Mit Schaudern dachte er an seinen jungen Nachbarn Peristin, der sich durch Ausfragen von Matrosen und Handelsleuten ein enormes Wissen angeeignet hatte. Er lernte eine Menge über die Länder jenseits der Säulen des Herkules, über Gebiete und Stämme weit im Norden, wo das Meer stets stürmisch war und nie eine erträgliche Wärme erreichte. Ihm war nun die fragwürdige Ehre zuteil geworden, dort weit weg Handel treiben zu dürfen. Dort hausten wilde Stämme, die kein Kreter je eines Blickes gewürdigt hätte, wenn sie nicht Zinn gefördert hätten, Zinn, das so dringend gebraucht wurde für die Bronze. Und da man ja seit kurzem in das Zeitalter der Bronzezeit gelangt war, wie er am Palast gehört hatte, war diese Metallverbindung von grösster Bedeutung. Männer weit gebildeter als Odakos mussten also in jämmerlich kalte, unwirtliche, fremde Länder reisen, die schlimmsten Entbehrungen und auch Demütigungen auf sich nehmen, mit menschenunähnlichen Wesen Kontakt finden, nur um wieder einige Schiffsladungen Zinn für den Palast besorgen zu können.

Nein, für solche Ehren bedankte er sich. Da blieb er lieber Steuereintreiber auf engster lokaler Ebene, da wusste man, mit wem man es zu tun hatte. Wenn er dann in seinem kleinen dunklen Kontor im Palast die Einkünfte auswertete, schaute zwar selten genug noch etwas für ihn heraus, viel zu wenig im Vergleich zu den Happen, die andere im Verborgenen abzweigen konnten. Doch immerhin, man blieb zuhause, an der Wärme, in bekannten Gegenden. Mit seinem Gehalt kam er ja leidlich über die Runden.

Er war Steuereintreiber, genauer Untersteuereintreiber, von einem guten Dutzend kleinen und kleinsten lokalen Einsiedeleien und Heiligtümchen, die über ein Gebiet in den Hügeln und Bergen südlich des Palastes verstreut lagen. Einige der Einsiedeleien lagen so hoch im Gebirge oder in solch unwirtlichen, unerreichbaren Gegenden, dass er persönlich überhaupt noch nie dort gewesen war. Besuche dieser Art überliess er seinen Eseltreibern. Ob die jene Stätten wirklich besuchten, war sehr fraglich. Und ob sie alles ablieferten, was sie jeweils einsammelten, war noch fraglicher. Es war nicht anzunehmen bei diesem Hungerlohn, eigentlich wären sie ja dumm.

Gut, es hätte ja nicht gerade der Posten des Schatzverwalters sein müssen. Ein besseres Pöstchen als Steuereintreiber an einem zugänglicheren Ort wäre schon ein markanter Fortschritt gewesen. Neidisch blickte Odakos auf den Empfangstempel von Amnissos, wo die ausländischen Händler ihren Zoll oder ihre sogenannt «freiwilligen Gaben» an die Göttin Eileithyia abzuliefern geruhten. Das wäre eine sichere, friedliche Stellung, etwas Komfortables an einem festen Ort, nicht zu reden vom Gewinn unter der Hand. Die fremden Händler seien nicht gerade geizig, munkelte man; es lag ihnen sehr daran, einen guten Eindruck zu machen.

Odakos wälzte sich auf seinem heissen Lager, kaute zum hundertsten Mal an den immer gleichen Problemen. Wie konnte er diesen jungen Rotznasen von Schreib-Priestern mit ihrem Dünkel endlich den Meister zeigen?

Plötzlich schoss er auf und war hellwach. Es war ja sein Namenstag, der Tag, an welchem Opfer auf seinen Namen dargebracht würden. So wäre es nichts als anständig von den Göttern, ihn einmal zu erhören und ihm einen Gedanken in seinen Kopf zu pflanzen.

Er setzte sich auf den Rand seines Lagers und wartete. Doch nichts geschah, bis ihm einfiel, dass die Götter ja irgendwie auf ihn aufmerksam gemacht werden müssten. Er entsann sich, dass in einem Haufen Gerümpel in der Ecke noch ein altes, nie benütztes Weihrauchlämpchen liegen musste. Er löste es aus dem Haufen heraus, fand noch einen Resten ranziges Öl und zündete es an.

Es funktionierte. Der Gedanke der Götter kam durch die Dämpfe hindurch, zögernd, schleppend, in kleinen Happen.

Schliesslich stand es klar und unmissverständlich vor seinen Augen: Wenn er sich nicht durch Lesen und Schreiben hervortun konnte, musste er sich auf andere Art profilieren, und zwar eindrücklich, handfest, zweifelsfrei. Er musste irgend etwas Unübertreffliches, etwas Wunderbares, etwas Umwerfendes finden oder schaffen oder erreichen. Er musste für den Palast etwas Einmaliges leisten, damit er in der Achtung der anderen nicht noch tiefer sank. Was und wie und wo wusste er zwar im Augenblick noch nicht, aber mit diesem festen Arbeitsplan im Herzen, dem süss-ranzigen Weihrauchdampf in der Lunge und einem kräftigen Schluck im Magen schlief er rasch ein.

Und prompt stellte sich der weiterführende Traum ein:

Er sah sich kämpfen mit Tafeln und Schriftzeichen, die sich auf ihn stürzten und ihn zermalmten. Doch dann griff eine resolute Göttin mit gesunden, rundlichen Formen ein, packte ihn, trug ihn durch die Luft und setzte ihn in das Gebirge. Sie hiess ihn mit leeren Beuteln einen steilen, steinigen und dornenübersäten Hang hinaufkriechen, ein strapaziöses, mühseliges Unterfangen. Beinahe verdurstete er unterwegs. Doch nicht lange danach sah er sich mit den prallvollen, schweren, aber vergnügt klimpernden Beuteln glücklich den Abhang hinunterkugeln.

Als er erwachte, wusste er sonnenklar, was zu machen war: Er hatte den Traum verstanden. Gold herbeischaffen, viel Gold, viel mehr als das übliche. Denn Gold war das andere, was zählte im Palast, Gold in Hülle und Fülle würde zu ähnlichen Ehren führen wie Schreib-Kenntnisse. Denn der Palast brauchte ständig Gold, viel Gold.

Aber wie zu dem vielen Gold kommen?

Auch da hatte ihm der Traum unmissverständlich den Weg gezeigt: er selber musste Gold herbeischaffen, er persönlich musste sich darum kümmern, Mühsal und Beschwerden und Durst auf sich nehmen. Wie das zu bewerkstelligen war, auch dies hatte ihm sein Traum überdeutlich gezeigt: es hatte etwas mit einer mühsamen Reise ins Gebirge zu tun.

Wenn er es sich so recht überlegte, wäre es eigentlich ein Leichtes, wenigstens ein bisschen mehr einzutreiben, simpel und einfach sein Amt etwas gründlicher, gar pedantischer auszuüben. Auch die weit entfernten Einsiedeleien und Tempelchen in seinem Gebiet einmal selber besuchen, schauen, wo möglicherweise, ja höchst wahrscheinlich, ein Leck zu finden war, durch welches Gold versickerte. Doch der blosse Gedanke an die beschwerlichen Ritte oder Sänften-Wanderungen über rauhe Wege in die Hügel hinauf hatten ihn schaudern lassen. Bis jetzt.

Die Lehre des heutigen Traumes war schmerzlich, aber klar und unerbittlich: er selber musste etwas auf sich nehmen, sich hingeben, musste gar leiden und sich quälen. Für das Ausserordentliche brauchte es ein ausserordentliches Opfer.

Das war der Schlüssel zum Erfolg. Bis jetzt war Odakos zu bequem, zu faul gewesen. Jetzt wusste er genau, was zu tun war.

Warum er zu dieser Erkenntnis Öl und Weihrauch und Götter gebraucht hatte, war ihm weniger klar. Auch alltäglicher gesunder Menschenverstand hätte eigentlich zum selben Resultat führen können.

Bereits schon am nächsten Tag setzte er seinen guten Vorsatz in die Tat um. Es musste rasch geschehen, bevor das Feuer der Begeisterung in ihm wieder erlosch.

War da nicht in seinem Gebiet vor kurzem eine neue Heil-Station aufgegangen, die fabelhaft florierte? Jedenfalls hatte das seine Haushälterin berichtet, deren Gliederschmerzen wundertätig verschwunden waren. Und wenn er sich recht erinnerte, hatte doch auch der Alte, der ihm die Milch brachte, von einem schmerzenden Zahn erzählt, den er eines Tages los war?

Von jener Station war noch nicht die kleinste Steuereinnahme in sein Kontor geflossen.

Die beiden Sänftenträger fluchten nicht wenig, als Odakos das Ziel für seinen Nachmittagsausflug angab: Anemospili.

7

Und wieder hatte Manis dieses lästige Gefühl der trockenen Kehle, als er von Knossos den steilen Weg nach Anemospili hinauf keuchte. Warum eigentlich? Der Staub von damals, nach dem Erdbeben, war ja nicht mehr in der Luft zu spüren.

Dass er sich wieder einmal verspätet hatte, war ja nichts Neues.

Immer wieder geschah es, wenn er vom Hügel oben mit einem Auftrag ins Unterland hinunter geschickt wurde. Noch etwas rascher hastete er den holprigen Pfad hinauf und kürzte den Weg ab, wo immer es machbar war.

Diesmal hatte er dem alten Pokritis, der in Knossos seine Ziegen pflegte, einen Topf frischer Salbe für seine Beine bringen müssen, und da geschah es denn, dass Pokritis so nebenbei erzählte, in Amnissos sei ein Schiff aus einem fremden Land angekommen, vermutlich aus Syrien oder von noch weiter her.

Erst seit kurzem waren die Schiffsanleger am Hafen von Amnissos, die durch das Erdbeben zerstört worden waren, wieder so weit hergestellt, dass auch etwas grössere Schiffe entladen konnten. Und nun sollte ein fremdes Schiff dort gelandet sein.

Beim Wort «Schiff» lief es ihm jedesmal kribbelig den Rücken hinab. Ein Schiff – etwas Spannenderes, Grandioseres konnte er sich nicht vorstellen. Dies war seine grosse, geheime Leidenschaft. Begreiflich, da er oben am Berg wohnte, hatte er weniger Gelegenheit, Schiffe aus der Nähe zu sehen, als seine Kameraden unten am Meer. Manis hatte sich zur Rechtfertigung für seine Verspätung an den Lehrspruch, den ihm Gurios immer wieder einhämmerte, gehalten: Man kann nie genug lernen, Augen und Ohren und Mund aufsperren. Eigentlich müsste Gurios stolz sein auf seinen gelehrigen Schüler.

Zwei Stunden, vielleicht auch drei war er länger als nötig im Unterland geblieben. Und diese Stunden hatten sich wahrhaftig gelohnt, denn das Schiff, das er schliesslich zu sehen bekam, war so herrlich, so geheimnisvoll, dass es ein unverzeihlicher Leichtsinn gewesen wäre, nicht noch rasch einen Abstecher nach Amnissos einzulegen.

So nahe heran war er ans Schiff getreten, dass ein Hafenarbeiter ihn anfuhr, ob er nicht lieber zupacken wolle anstatt zu gaffen. Und welche Seligkeit – schon trug er ein besonders schweres rundliches Tongefäss aus dem Schiffsbauch heraus. Was es genau war, was er tragen durfte, wusste er nicht. War in dem Gefäss drin wohl ein exotisches Öl? Oder vielleicht ein neues Korn für Gebäck? Oder gar ein goldener Kelch?

Aber jetzt waren seine Gedanken nicht mehr beim Schiff. Durch die Büsche spähte er hinauf zum Eingang der Höhle. Warum sass

Gurios nicht auf dem spitzen Hügelchen, von wo er eine einmalige Aussicht auf das Land bis ans Meer und auf den Weg hatte? Dort sass er doch jeweils gerne in der Abendsonne und wartete auf Manis.

Noch schneller traten Manis' Füsse über die Wurzeln und Steine, noch trockener wurde seine Kehle.

Als er beinahe oben war, sah er endlich, was los war: Gurios war nicht vor der Höhle, dafür stand dort neben dem Eingang ein unförmiges Gebilde, ein Riesending, mit goldenen und rosaroten Schnörkeln, mit Tüchern und langen Stäben. Aha, das war eine Sänfte, wie er sie schon einige Male unten beim Palast gesehen hatte, ein schwerfälliges Gestänge mit einem winzigen Zimmerchen, in dem man Menschen herumtrug, die zu müde oder zu faul oder zu dick waren, um selber zu gehen. Die Träger, einer vorne, einer hinten, waren meist hünenhafte, stählerne Gestalten.

Was bedeutete das wohl? Besser erst abwarten.

Er pirschte sich näher heran und blieb am Rande des Gehölzes stehen, um genauer beobachten zu können.

Neben der Höhle im Schatten des grossen Felsens sah er die zwei wuchtigen Gestalten, die sich gelangweilt räkelten und von Zeit zu Zeit einen Schluck aus einem Krug tranken. Sie waren genau gleich gekleidet, in lockere hellbraune Hemden. Wohl zum Schutz vor der Sonne trugen sie Mützen, der eine eine gelbe, der andere eine blaue. Das mussten die Träger der Sänfte sein.

Manis zögerte. Was sollte er tun?

Wer war wohl auf diese ungewohnte Art zu Besuch gekommen? War vielleicht ein Kranker in der Höhle, der vom Wissen des Gurios gehört hatte und den Aufstieg nicht mehr aus eigener Kraft schaffte? Oder ein hoher Besuch vom Palast, vor dem man sich in Acht nehmen musste? Mit dem Palast konnte man nicht vorsichtig genug sein, da hatte er von seinem Vater einiges gehört.

Abwarten. Einmal musste der Inhalt der Sänfte ja wieder aus der Höhle kommen und abtransportiert werden.

Tatsächlich dauerte es nur kurze Zeit, da wälzte sich aus dem Eingang ein aufgedunsener Brocken, dessen üppiger Leib nur knapp mit einem purpurnen Umhang bedeckt war. Die ebenfalls purpurne zweizipflige Mütze trug nicht eben dazu bei, ihm ein würdevolles Aussehen zu geben.

Er winkte die Träger herbei. Sie sprangen auf und hievten die Masse in die Sänfte. Nur mit Mühe zwängte sich der Dicke durch die enge Öffnung, denn den unförmigen Beutel, den er krampfhaft an seine Brust drückte, wollte er auf keinen Fall loslassen. Schliesslich war es geschafft, rasch wurde der Vorhang zugezogen, und schon stolperten die beiden Träger los mit ihrer Last, schaukelnd den steilen Berg hinunter. Als sie nahe am Busch vorbeischwankten, hinter welchem Manis sich verborgen hielt, hörte er aus der Sänfte garstige, schimpfende Laute:

«Langsam, schüttelt doch nicht so, ihr Nilpferde! Bin ich denn ein Butterfass?» Dann waren der Tross vorüber.

Jetzt hielt Manis nichts mehr zurück, er eilte die letzte Steigung hinauf und stürzte in die Höhle.

Gurios sass verzückt und selig strahlend auf seinem Lager, kicherte und grunzte. Noch nie hatte Manis ihn so gesehen.

In seiner Hand hielt er einen schlanken Krug, aus dem er gerade einen Schluck nahm. Es roch süsslich-sauer nach einem unbekannten Getränk.

Manis nahm dem Alten, der ihn gar nicht wahrnahm, den Krug aus der Hand und nippte daran. Nicht schlecht! Doch er merkte schon nach einem einzigen Schluck, dass das starke Zeug beduselt machte.

Er legte den Alten sanft auf das Lager und deckte ihn zu. Wie ein Kind liess Gurios sich alles gefallen von seinem jungen Diener, und schon schlief er zufrieden lächelnd ein.

Wenn er erwachte, würde Manis gleich erfahren, wer ihn in der Sänfte besucht hatte und mit welchem Anliegen. Hatte der Besucher Heilung für ein Leiden gesucht, von denen er wahrhaftig einige zu haben schien, oder war er aus einem andern Grund gekommen?

Am nächsten Morgen, nach einem langen seligen Schlaf, war Gurios wieder sein altes Selbst, war munter und ausgeruht.

«Einen solchen Schrecken jagst du mir nicht wieder ein. Was war denn los mit dir gestern abend?»

Gurios schaute Manis verständnislos an.

«Und wie geht es dir jetzt?»

«Ach, vorzüglich, so stark habe ich mich schon lange nicht mehr gefühlt.»

Beschwingt stand Gurios von seinem Lager auf.

«Jetzt erinnere ich mich wieder. Es gibt einiges zu tun heute morgen. Komm hilf mir, die grossen Gaben aus dem hintern Teil der Höhle nach vorne zu tragen, vielleicht kann sie jemand brauchen.» Gurios lächelte verschmitzt.

«Halt, nicht so rasch! Bevor ich mich abrackere für eine Idee, möchte ich erst gern wissen, was gestern geschehen ist und was das heute soll.»

Gurios kratzte sich in seinen Haaren.

«So genau erinnere ich mich nicht mehr, es ist schon einige Zeit her, aber irgendein Dicker sass gestern lange auf jenem Hocker und feierte mit mir, was genau, weiss ich nicht mehr. Jedenfalls haben wir wunderbar gegessen und getrunken zusammen; irgendwie waren plötzlich exquisite Dinge in der Höhle. Woher die Sachen wohl kamen?»

Gurios schaute sich suchend um.

«Mir scheint, es habe eine Flasche dagestanden. Hast du irgendwo einen hohen schlanken Krug mit zwei Henkeln gesehen?»

Manis erspähte das beschriebene Objekt unter einem Hocker, und als Gurios nicht gerade hinschaute, liess er den Krug flink in einem Spalt verschwinden.

«Ich habe nichts gesehen. War dein Besucher ein Gesandter vom Tempel von Knossos?»

Manis war argwöhnisch. Er, der sein ganzes Leben in Anemospili, einem Nebentempel von Knossos, zugebracht hatte, hatte früh gelernt, vorsichtig zu sein.

«Ja genau, das war's, jetzt erinnere ich mich wieder bestens. Von Knossos, vom Tempel wurde ich besucht, stell dir vor! Welche Ehre!»

«Du hast hoffentlich nichts versprochen?»

«Nein, versprochen habe ich nichts,» sagte Gurios, leicht eingeschüchtert vom energischen Tonfall seines Schülers, «nein, einen grossartigen Handel habe ich abgeschlossen, einen Tausch habe ich gemacht. Eine traumhafte Flasche hat er mir gebracht, irgendwo muss es noch eine zweite davon geben, ich erinnere mich im Moment nicht mehr, wo ich sie hingestellt habe!»

Suchend schaute sich Gurios in der Höhle um.

«Und noch einiges sonst hat er mitgebracht, sozusagen als Muster, was so auf die Wunschliste gesetzt werden könnte. Das hat ein Träger dort nach hinten in die kühle Ecke gestellt, glaube ich. Schau nur nach, was da alles vom Himmel herunter auf uns gekommen ist, du wirst deine Freude daran haben!»

Manis fand in der dunklen Ecke zartestes Trockenfleisch, süsse Feigen, Pistazien, Honig, eine Lampe und Öl dazu.

«Und das, sagst du, hat er uns alles geschenkt?» fragte Manis misstrauisch. Der Palast plötzlich grosszügig, der Palast gar wohltätig gesinnt? Da ging irgend etwas nicht ganz in Ordnung.

«Und wo sind denn die drei goldenen Ringe, und wo ist die goldene Kette, welche Marana vorgestern gebracht hat als Dank für den hilfreichen Kornsirup gegen den Husten? Das alles lag doch in dieser Schale?»

«Ach, das? Das habe ich ihm geschenkt, er war so nett.»

«Was will er als Gegenleistung?»

«Nichts, rein gar nichts, ich muss nichts bezahlen, im Gegenteil, er nimmt mir die grossen unförmigen Stücke ab, welche die Leute jeweils bringen, und lässt sie in den Palast tragen. Stell dir vor, er wird eine Karawane schicken und alles abholen lassen. Wir werden wieder viel Platz in der Höhle haben. Und er hat uns mehr von den Delikatessen versprochen, wie sie nur im Palast zu haben sind.»

8

Odakos gluckste und grunzte vergnügt wie schon lange nicht mehr, als er endlich wieder in seiner Klause war. Wie gut, dass er sich für einmal überwunden und nicht seiner Bequemlichkeit nachgegeben hatte! Als ihn beim Erwachen plötzlich wieder die linke Hüfte zwickte, da war er bedenklich nahe daran gewesen, den Ausflug abzublasen. Und als auch die Schulter zu zwacken begann, während die Sänftenträger den holprigen Weg aufwärts trotteten, hätte er beinahe die Quälerei abgebrochen und Umkehr befohlen. Doch dann erschien das Bild der feschen Göttin wieder vor seinen Augen, und gleich wusste er, was er zu tun hatte. Er biss sich auf die Lippen und ertrug tapfer alle Leiden.

Er wollte versuchen, den Namen der Göttin herauszufinden, die hatte wahrhaftig eine anständige Opfergabe verdient.

Was Odakos gesehen hatte, hinten im Dunkeln der Höhle, ungebraucht, ungepflegt, auf einen Haufen geworfen, mit Spinnweben überzogen, übertraf alles, was ihm je unter die Augen gekommen war. In dieser reichen und fruchtbaren Gegend zeigten Geheilte sich anscheinend recht grosszügig, wenn sie ein konkretes Resultat, eine Gesundung oder Errettung erlebten. Für eine Weissagung, gar eine auf einige Jahre hinaus, zahlte man nicht ganz so viel, aber sie war doch auch ihren Preis wert.

Da der Raum im hinteren Teil der Höhle durch die vielen sperrigen Spenden schon reichlich eng geworden war, war Gurios sichtlich erleichtert gewesen, als Odakos ihm vorschlug, den ganzen Haufen in den Palast zu verfrachten. Da war überhaupt kein Widerstand geleistet worden, wie sonst üblich war. Es hatte nicht der minimalsten Überredungskunst bedurft. Heiler betrachteten sonst im allgemeinen die Gaben als ihren Lohn und daher als ihr persönliches Eigentum, und meist brauchte es einiges an List und Zureden, ja Nötigung, bis sie ihre Schätze aushändigten.

Hier war er ohne jede zusätzliche Anstrengung erfolgreich gewesen. Sobald er versprach, als Gegenleistung die zwei Höhlenbewohner mit allem zu versehen, was sie sich so wünschten, auf Kosten des Palastes, versteht sich, hatte Gurios keinen Moment gezögert. Ein Einziges hatte er sich ausbedungen: Das köstliche Getränk, das sie während des Handelsgesprächs ausgiebig getrunken hatten, sollte jedesmal Teil der Lieferung sein.

Was anschliessend genau mit der Beute geschah, interessierte Gurios nicht mehr. Für Odakos war es jedoch entscheidend, ja lebenswichtig. Die Vorschriften waren zwar klar und eindeutig: Die Eintreiber lieferten hundert Prozent des so gewonnenen Gutes an den Palast ab und bezogen dafür ein reguläres Gehalt, neben allen Annehmlichkeiten einer Palast-Anstellung.

Doch Odakos stellte sich das ein wenig anders vor. Von ihm als dem Fündigen mit der guten Nase, der unter allermühsamsten Umständen eine lukrative Entdeckung gemacht hatte, wäre es wirklich zu viel verlangt, wenn er nichts, gar nichts davon für sich selbst abgezweigt hätte, wenigstens dies erste Mal. Unmenschlich wäre das, entgegen den primitivsten Urinstinkten des Mannes. Und nicht allzu fern von den Gepflogenheiten der anderen Eintreiber, wie er vermutete.

Tatsächlich keuchte am Tag danach eine Karawane den Berg hinauf, bestehend aus vier widerwilligen Mauleseln und einem wortkargen Treiber.

Oben angekommen, wurden zuerst die kulinarischen Schätze abgeladen, darunter auch wieder ein schlanker Krug, den Gurios gleich selber übernahm und persönlich unter seinen Sessel in Sicherheit brachte.

Die Verpackerei der zum Teil recht zerbrechlichen Gegenstände aus der Höhle beanspruchte den ganzen Vormittag. Manis half wacker mit, möglichst weiches Laub und biegsame Zweige herbeizuschaffen, um ein einigermassen weiches Bett für die delikatesten Gefässe zu schaffen.

Mit Odakos hatte Gurios eine Art Buchhaltung vereinbart. Am Ende eines Tages liess Gurios jeweils seinen jungen Diener auf kleinen Tontäfelchen die empfangenen Gaben aufschreiben, die hervorstechendsten Eigenschaften, die Grösse, die Menge und den ungefähren Wert, den ihnen Gurios zuschrieb. Wohlverstanden in sauberem Linear. Von der Mehrzahl der Gaben, nicht von allen, versteht sich. Insbesondere kleinere Geschenke von grösserem Wert wurden nicht einzeln aufgeführt, die wurden in ein Gefäss neben Gurios' Sessel gelegt. Die Gegenstände in diesem Gefäss holte Odakos von Zeit zu Zeit persönlich ab – damit sie unterwegs nicht verloren gingen, wie er beteuerte. Der komfortable Sessel war übrigens eine der ersten Spenden, die den Weg aus dem Palast auf den Berg nahmen.

Wenn sich die Höhle wieder unbequem zu füllen begann, sollte Manis ins Tal zum Palast geschickt werden mit den beschrifteten Buchhaltungs-Täfelchen. So konnte sich Odakos ein Bild machen von den zu erwartenden Schätzen und den Transport mit den Maultieren und Treibern organisieren. Und Manis sollte gleichzeitig die auf dem Berg am dringlichsten benötigten Vorräte ergänzen.

Manis hatte den Palast schon oft von aussen und von oben gesehen. Aber ihn betreten – das war eine ganz andere Sache.

Der Palast war ein einmalig unförmiger Koloss, der die Rivalität unter den Palast-Architekten augenfällig machte. Um keinen der Baumeister allzu mächtig werden zu lassen, hatte der Rat des Palastes die weise Anordnung getroffen, den Bau nicht auf einmal zu vollenden, sondern ihn kontinuierlich, je nach Raumbedarf, auszubauen, und zwar von immer neuen jungen Architekten. Das war kostenmässig viel günstiger. Jedesmal unterboten einige junge Kandidaten der Architektur den Preis, um den neu zu erstellenden Flügel bauen zu dürfen. So kam es, dass sich das Ungetüm eher form- und gestaltlos in mehreren Stockwerken und Armen über einen Hügel ausbreitete. Da waren mehr als tausend Räume, Gänge, Korridore, Höfe, Treppen.

Mehr Wert als auf das Architektonische wurde auf den künstlerischen Schmuck der einzelnen Teile gelegt. Wandmalereien, kostbare Plastiken und Reliefs schmückten Räume, Höfe und Passagen. Der Palast war immerhin das Vorzeigeobjekt des kretischen Reiches. Dort sollte den fremden Besuchern gleich vor Augen geführt werden, wie vermögend, kunstsinnig und luxusgewohnt die Kreter waren.

In Knossos residierte der König der Insel. Dort wohnten auch die Priester, welche die Besucher mit üppigen Festen und Gelagen empfingen und verwöhnten. In hunderten von anderen, weniger spektakulären Räumen hatten Handelsleute, Steuereintreiber, Schatzkammerwächter, Rechnungsführer ihre Kontore und ihre Lagerräume. Steuern, Opfergaben, Warenzölle, Votivgaben – das alles war in Kreta nicht voneinander zu trennen. Alles wurde in den einen Tiegel geworfen, in den Palastschatz von Knossos, und aus diesem Schatz wurden sämtliche Ausgaben bestritten – eine weise und bestens funktionierende Einrichtung, die der ganzen Insel zugute kam.

In der Nacht vor dem ersten Besuch im Palast von Knossos wälzte sich Manis auf seinem Lager und träumte von mächtigen Stieren und schuppigen Schlangen, die einzigen Wesen im Palast, vor denen sein Vater einen ehrlichen Respekt empfunden hatte. Stiere und Schlangen waren in Anemospili nicht gehalten worden, sondern nur in Knossos. Nur ungern gab der Vater zu, dass sie hierarchisch an erster Stelle standen, obwohl sie natürlich den vielgestaltigen Vorzeichen und Omen von Anemospili in keiner Weise gewachsen waren.

Einen Zugang zum Palast zu finden war gar nicht leicht, die Aussenmauer war über lange Strecken undurchdringlich. Hin und her schritt er und suchte nach einem Durchgang oder wenigstens einem Loch in der Mauer, wo er sich melden könnte. Endlich fand er ein kleines Türchen, wo er nicht hochnäsig weggewiesen wurde, sondern wo ein verständiger Pförtner auf sein Anliegen einging.

Koriatis, so hiess der Pförtner, liess ihn durch die schmale Öffnung eintreten, führte ihn wortlos durch einen engen Korridor um mehrere Ecken herum und einige Stufen hinunter zu den Magazinen. Grössere und kleinere dunkle Räume links und rechts waren alle vollgestopft mit Gerätschaften und Töpfen und Statuen und Möbeln und Leuchtern. Genau so hatte es bis vor kurzem hinten in seiner Höhle ausgesehen.

In einem kleinen Kämmerchen, eingekeilt zwischen zwei grossen, unförmigen Krügen, sass oder eher hing Odakos sanft schnarchend über einem ungehobelten Brett. Das diente wohl als Schreibtisch, so fern bei Odakos überhaupt etwas stattfand, was den Namen Schreiben verdiente.

Koriatis hiess Manis in gebührendem Abstand warten und nahm ihm die beschrifteten Plättchen und das Paket ab, das Gurios aus dem goldenen Kleinkram in dem Gefäss, das immer neben seinem Sessel stand, zusammengestellt hatte. Er trat zu Odakos und stiess ihn kräftig an. Erschrocken fuhr der auf und brummte, doch als er einen Blick in das Paket mit den Schmuckstücken geworfen hatte, wurde er hellwach und liebenswürdig, und die beiden verschwanden hinter einem Vorhang. Ein kurzes unverständliches Gespräch, und schon war Koriatis wieder zurück.

Der Pförtner war auf dem Rückweg betont freundlich zu Manis, und als sie endlich wieder im Stübchen bei der Pforte waren, stellte er einen süssen Trank und ein ordentliches Stück Fladen vor Manis auf den Tisch. Unterdessen füllte er ihm seinen Lederbeutel mit Feigen, Gebäck und Früchten. Ein schlankes, solides Fläschchen stellte er ihm sorgfältig zuunterst in den Beutel und legte ihm ans Herz, besonders vorsichtig damit umzugehen, da es den kostbaren Magentrank enthalte, der dem Alten auf dem Berg wohltue.

9

Das Leben in der Höhle veränderte sich nach und nach auf verschiedene Weise. Da war nicht nur das neue Spiel des Schreibens und Lesens mit den Stempelchen, auch das bessere Essen rückte mehr und mehr ins Zentrum, vor allem jedoch der geheimnisvolle Saft in der schmalen Amphore, der Gurios nicht immer gut bekam.

Oft hatte der Trank jedoch auch seine nutzbringenden Seiten, denn ein kräftiger Schluck brachte Gurios rasch in Erzähllaune. So erfuhr Manis manches aus seinem Leben vor der Höhlenzeit.

«So, der Palast gefällt dir – hat er mir auch, als ich dort Priester war.»

«Ach ja, das hast du mir mal erzählt. Und was für einer warst du denn?»

«Ein Novize, ich lernte in den verschiedenen Abteilungen beinahe alle Künste.»

«Und warum bist du denn nicht geblieben? Ein Palast-Priester zu sein, wer könnte sich etwas besseres vorstellen an Wohlleben und Genuss?»

Gurios lachte so plötzlich, dass er sich um ein Haar verschluckte und rasch einen weitern Schluck aus der Flasche benötigte.

«Als junger Novize hat man noch keinen Zugang zu diesem Wundertrank, man muss selber schauen, wie man über die Runden kommt. Und da habe ich einen Blödsinn gebaut, der das Ende meiner Karriere als Priester war.»

Gurios setze sich bequem hin, räusperte sich und begann:

«Eines Tages hatte ich nämlich wieder einmal Dienst und musste bei einem Gelage servieren. Der Gast war einer der wichtigsten Minister aus Achaia. Ich sollte den Herrschaften einschenken. Sie tranken vom allerbesten Wein, und zwar von einem ganz bestimmten Jahrgang. Als ich Nachschub holen wollte im Keller, war ich gerade ein wenig durstig, und ein Schlückchen aus dem Krug bot sich an. Bis ich oben war, merkte ich, dass nur noch etwa die Hälfte drin war – Kunststück, der Trank war der beste, den ich je gekostet hatte unter all den Schätzen im tiefen Palast-Keller. Ich wollte rasch einen neuen Krug holen vom gewünschten Jahrgang, aber Pech und

Schwefel! – es war der letzte gewesen! Doch es gab nichts zu rütteln, der Gast aus Achaia musste von diesem bestimmten Jahrgang bekommen, aus diesem Krug, da sie oben die Bestätigung irgendeines alten Vertrages aus eben diesem Jahr feierten.

Erst versuchte ich, die Aufschrift auf einem andern noch vollen Krug zu korrigieren und die verlangte Jahreszahl einzusetzen. Das misslang kläglich, wer kann schon ein einmal eingebranntes Zeichen ohne Schaden abändern? Ich hätte einige Tage gebraucht. Die oben schrieen schon, ich solle den Trank endlich herbeischaffen. So fiel ich auf die dumme Idee, den Hohlraum im Krug mit Wasser aufzufüllen.

Das Gesöff, das darauf auf dem Gelage angeboten wurde, war jämmerlich, nicht wieder zu erkennen. Der Gast, der von ferne über das Meer gekommen war, war tödlich beleidigt, und der Oberpriester hatte seine liebe Mühe, dass der gekränkte Achaier Kreta nicht gleich den Krieg erklärte. Zum Beweis seiner eigenen Unschuld liess er mich vor dem Gast beichten, vor den Augen der gesamten Tafelrunde auspeitschen und gleich auf Nimmerwiedersehen aus dem Palast vertreiben.

Das war das Ende meiner Priester-Karriere.»

Gurios machte eine sehnsüchtige Pause, gemildert durch einen Schluck aus der schlanken Flasche, die ihm die Erinnerungen beschert hatte. Manis schwieg. Es wäre nicht sehr taktvoll gewesen, hier etwas hinzuzufügen.

Doch Gurios nahm den Faden rasch wieder auf. Wenn er einmal in Fahrt war, hielt ihn nichts mehr zurück.

«Aber so schlimm war das auch wieder nicht. Ein grossgewachsener wohlgeratener lockiger Jüngling, wenn er dazu noch etwas Köpfchen hat, verhungert nicht so rasch.» Er wurde wieder hoch und rank in Erinnerung an seine frühere beneidenswerte Jünglingsgestalt.

«Ich zog mich erst einmal in eine Höhle weit oben in den Bergen des Ida zurück und lebte ein einfaches Natur-Leben, und so etwas zieht natürlich Kundschaft an. Bald hatte ich eine florierende Praxis. Mein Ruhm basierte auf dem ziemlich hundertprozentigen Erfolg bei Kinderlosigkeit.»

Er schloss die Augen und liess die süssen Erinnerungen wieder auftauchen.

«Die Kur war einfach und wirksam. Die jungen Frauen mit Kinderwunsch, aber unfähigen Gatten, mussten jeweils in dunkelster Neumondnacht mit mir auf den Gipfel des Ida hinaufsteigen. Dort brachten wir gemeinsam der Göttin der Fruchtbarkeit Gebete und diverses anderes dar und erflehten dazu Errettung aus der Unfruchtbarkeit. Neun Monate später kamen die Geheilten strahlend zurück und zeigten mir ihre Neugeborenen. Kinder, die durch meine Intervention bei den Göttern in die Welt gesetzt worden waren, wurden alles prächtige Geschöpfe, sehr gross gewachsen und mit lockigem Haar wie ich damals. Die Mütter wussten jeweils kaum, wie sie mir danken konnten. Ihre Bezahlung erlaubte mir ein Eremitenleben in einigem Luxus, beinah so im Stil, wie wir es jetzt führen.»

Die Pause im Gespräch wurde genüsslich gefüllt mit einigen Honignusskuchen, eingetunkt in den edlen Palast-Saft. Dann nahm Gurios den Erzählfaden wieder auf:

«Doch ewig in einer Höhle leben war auch nicht mein Traum, besonders als die Erfolge allmählich ausblieben. Ich schaute mich nach neuen Betätigungen um. Aber so leicht war das nicht, da ich unterdessen alt geworden war. Dein Vater war der einzige, der meine Fähigkeiten als Kräuterkenner zu schätzen wusste, und er liess mich in Anemospili unterkommen.»

Die Sänftenträger waren jeweils wenig begeistert, wenn der Dicke aus dem Palast schon wieder seine Pfründe in Anemospili abholen wollte. Sie knurrten und verstanden die Massnahme nicht. Warum in aller Welt wollte ein durchschnittlicher Untersteuereintreiber ausgerechnet die am mühsamsten zu erreichende Eremitage persönlich betreuen? Ein einfacher und billigerer Maultiertreiber hätte durchaus genügt, die Dinge in den Palast zu transportieren.

Wenn Manis und Gurios das Sänftenungetüm durch die Büsche schimmern und die Karawane sich den Berg hinauf quälen sahen, wurde die Höhle rasch saubergemacht. Die Stempelchen verschwanden in einer Nische.

Bald hörten sie, wie die Sänfte mit einem dumpfen Ton vor der Höhle abgesetzt wurde. Die Träger sanken erschöpft in den Schatten, während sich der Inhalt der Sänfte mit hochrotem Kopf aus dem schmalen Türchen ins Freie zwängte.

Die Sitzungen im Innern waren geheim, auf jeden Fall wurde Manis regelmässig unter irgendeinem Vorwand ins Freie geschickt.

Manis freute sich jedesmal auf die Sänftenträger und empfing sie mit einem frischen Getränk und etwas Delikatem aus der Höhlenküche.

Die Zeit, während ihre Meister drinnen geheimnisvoll verhandelten oder auch nur tafelten, wurde ihnen draussen nie lang. Der mit der blauen Mütze war voller Spässe, er half Manis auch gern bei seinen vielfältigen Arbeiten, etwa beim Wasserholen von der Quelle, beim Suchen der Ziege, beim Waschen der Töpfe. Er erzählte selber ausgiebig von seiner anstrengenden Arbeit und wollte von Manis hören, wie es früher gewesen war, als der Tempel von Anemospili noch stand, was für Opfer da dargebracht worden waren, was er alles gelernt hatte, kurz er interessierte sich für alles Mögliche.

Der andere, mit gelber Mütze wie auch gelblicher Hautfarbe, war das pure Gegenteil. Er sah geheimnisvoll und hinterlistig aus. Er war verschlossen, meist mürrisch, sprach wenig, und sobald er sich satt gegessen hatte, ging er weg. Besonders gern hielt er sich in der Nähe der Höhle auf. Er drückte sich ganz eng an den Felsen. War dort der Schatten wohl besonders kühl?

Der Handel in der Höhle drin dauerte immer eine ziemliche Weile, denn die vielfältigen Opfergaben bedurften individueller Begutachtung. Welche der kleineren Stücke sollte Odakos unter seinen persönlichen Schutz nehmen? Nur die grösseren Stücke durchliefen den regulären Weg in den Palast.

Odakos' Gegenleistung bestand darin, dass er die offizielle vom Palast gelieferte Ration nicht nur pflichtgetreu ablieferte, sondern sie stets grosszügig ergänzte. Wann immer es machbar war, fügte er vom kostbarsten Schnaps des Tempels einen Krug voll bei, vom am sorgfältigsten gehüteten Trunk, vom Trunk, nach welchem man richtig süchtig wurde.

Odakos bewunderte jedesmal die Buchhaltung und nahm ehrfurchtsvoll die Täfelchen in die Hand. Er war beeindruckt von der Ordentlichkeit und dem Pflichtbewusstsein, etwas, das ihm eher fremd war. Denn nie vergassen Gurios und Manis ihre Pflichten Odakos gegenüber. Immerhin war das die Nabelschnur, durch welche die Köstlichkeiten des täglichen Lebens in nie versiegender Menge in die

Höhle flossen. Erst wenn sie die geforderten buchhalterischen Schrift-plättchen exakt mit dem Schreibkeil in Linear ausgefertigt hatten, gingen sie zu ihren privaten Künsten mit den Stempelchen über.

An einem nicht zu heissen Frühlingstag, da der Aufstieg in der Sänfte beinahe als erträglich bezeichnet werden konnte, besuchte Odakos die Höhle wieder einmal. Diesmal schien sich sein Augenlicht, das er sonst als sehr schwach zu beklagen pflegte, vorübergehend erholt zu haben. Ein Täfelchen, das eine private Stempel-Botschaft ent-hielt, war nämlich aus Unachtsamkeit in den Haufen mit Buchhal-tungsbelegen geraten. Odakos' scharfer Blick erkannte sogleich den Unterschied. Mit spitzen Fingern zog er es aus dem Haufen, drehte es in allen Richtungen und schaute es belustigt an. Da waren nicht die ordentlich in Reihen aufgeführten Krähenfüsse und Striche zu sehen, sondern winzige, gestochen klare Bildchen:

«Was ist denn das Hübsches? Vögel und Fische? Was bedeutet denn das?»

Gurios fuhr zusammen und schaute hilfesuchend um sich. Manis war draussen bei den Sänftenträgern.

«Ach, das ist nichts,» stotterte er verlegen, «das ist nicht Buch-haltung.»

Nur nichts verraten. Die Stempelchen gehörten ihnen, ihnen ganz allein. Sie auf keinen Fall zeigen, hatten sie vereinbart. Gurios hüs-telte und wand sich und nahm nochmals einen kräftigen Schluck.

Das half, schon kam ihm die rettende Idee:

«Da drauf steht irgendein Fluch, den ich noch genau untersuchen muss.»

Erschreckt liess Odakos das Plättchen fallen und stiess es mit der Spitze seines Stiefels gegen Gurios. Der nahm es rasch auf und warf es hinter sich, wie wenn es vergiftet wäre.

Odakos sprach nicht mehr davon.

Auch Manis erschrak, als Gurios ihm den Zwischenfall erzählte. Zum Glück war Odakos elegant abgeschreckt worden, wenigstens dies eine Mal.

Das sollte nicht wieder geschehen, der Dicke könnte misstrauisch werden. So erfanden sie ein klares System, die beiden Arten von Tä-felchen zu unterscheiden: Plättchen, welche für die Palastabrechnung beschrieben wurden, waren wie immer viereckig, diejenigen für ihre Privatkorrespondenz, die mit den Stempelchen bedruckt wurden, formten sie rund.

So war es eine Sache von wenigen Sekunden, einen grossen Haufen zu sortieren, wenn Odakos herankeuchte.

Die neue Herausforderung, eine runde Tafel, einen Diskos, zu beschriften, brachte noch zusätzlichen Spass. Abende lang, wenn alle Besucher weg waren, vergnügten sie sich mit ihren Scheiben. Wo sollte man überhaupt beginnen mit Schreiben? Die erste Zeile wurde recht kurz, die zweite schon etwas länger, und im Durchmesser stand die längste Zeile.

Bald einmal schrieb Manis dem Rande entlang im Kreis herum und setzte seine Unterschrift in die Mitte. Gurios war entzückt und schrieb gleich zurück in derselben Art. Als die Botschaft länger wurde, kam ein zweiter innerer Kreis dazu, und schon war die Spirale geboren, die sich nach innen drehte.

Zum Spass begann Gurios seine Botschaft auch einmal in der Mitte, und Manis brauchte eine geraume Weile, bis er den neuen Trick herausgefunden hatte.

Für einen besonders hübschen Brief wurde mit einem feinen Schriftkeil zuerst eine Spirale eingeritzt, schön regelmässig, dann mit den Stempelzeichen angefüllt, und schliesslich wurde das Zentrum der Scheibe noch besonders geschmückt.

Und immer länger wurden die Geschichten, die sie schrieben. Aber wenn der Text nicht fertig war, obwohl man im Zentrum gelandet war? Einen neuen Disk anfangen?

Bis wieder einmal eine Idee geboren war – ob sie von Gurios oder Manis stammte, war nicht mehr auszumachen – auch die hintere Seite zu beschriften. Das war's. Einfach den Disk in der Hand umdrehen und weiterschreiben. Sie hatten es sehr bald heraus, wie trocken und fest der Lehm etwa sein musste, damit man ihn, wenn er schon auf der Vorderseite beschriftet war, ohne Schaden auf den Boden legen konnte, um die zweite Seite zu bedrucken. Die gestempelten Zeichen ertrugen einiges, wenn man sie sorgfältig und tief genug in den bereits ein wenig harten Ton gedrückt hatte und eine Weile wartete. In dem herrlichen Klima trocknete Ton rasch.

Die viereckigen Buchhaltungs-Plättchen wie vereinbart im Palast abzuliefern, gefiel Manis immer besser, besonders seit Koriatis, der Pförtner, ihm jedesmal geheimnisvoll zwinkernd noch ein kleines Päckchen in die Hand drückte:

«Nur allein für dich! Mit einem Gruss von Lelio.»

Auf dem Nachhausemarsch den Hügel hinauf pickte er mit besonderem Vergnügen die ihm persönlich zugedachten Delikatessen aus dem Säckchen.

Wer war wohl diese Lelio? Und warum verwöhnte sie ihn?

Beim nächsten Besuch im Palast, als er wieder einen eigens für ihn bestimmten Kuchen überreicht bekam, schaute er sich verstohlen um, ob er ein weibliches Geschöpf erspähen könnte. Lelio? Wahrscheinlich war es eines der alten Mütterchen, welche die Wäsche besorgten. Die Spenderin, die sich nicht zeigen wollte, war wohl einmal von Gurios geheilt worden. Sie betrachtete ihn vielleicht als ihren Ersatz-Enkel und wollte ihm auf diese Weise danken, dass er sich um den alten Heiler kümmerte.

Nun, ihm sollte es recht sein. Einmal würde er diese geheimnisvolle Fee bestimmt kennenlernen.

10

Odakos besuchte die beiden Einsiedler auf dem Berg immer häufiger. Das nette Trink- und Plauderstündchen mit dem alten Gurios behagte ihm, und die kleinen Kostbarkeiten zum Mitnehmen entschädigten ihn mehr als genug für seinen beschwerlichen Weg.

Weniger begeistert waren die beiden Sänftenträger. Doch Manis gab sich alle erdenkliche Mühe, ihnen den Aufenthalt bei der Höhle oben angenehm zu machen. Einmal, als es besonders schwül und drückend war, wollte er dem mürrischen Gelben nochmals etwas gesüsstes Wasser bringen. Er ging zu ihm hin in die Nähe der Höhle, um zu schauen, ob er schlafe oder wach sei.

Als der Mürrische Manis kommen sah, winkte er heftig ab, er solle ja nicht näher kommen. Mit dem Finger auf den Lippen bedeutete er ihm zu schweigen. Er schien zu lauschen.

Manis schlich auf den Zehenspitzen hinzu und gab durch Zeichen zu verstehen, dass er mucksmäuschenstill sein wolle. Während er dem Mürrischen den Becher mit dem Trunk übergab, hörte er die Stimmen in der Höhle, erstaunlich laut und deutlich, durch einen Spalt, der wie ein Verstärker wirkte.

«Aber auf den runden Scheiben, was ist da alles drauf?» hörte er den Dicken fragen. «Sind denn das alles nur Flüche?»

Manis hätte beinahe aufgeschrieen. Odakos hatte wieder ein Plättchen mit ihrer Bilderschrift erwischt, und zwar diesmal einen runden mit einer Spirale! Ihr letztes und originellstes Geheimnis!

Hatte er nicht alle runden Plättchen weggeräumt? Er hielt den Atem an.

«Einem guten Freund kannst du doch ein bisschen trauen,» drängte Odakos in einem unangenehmen beharrlichen Ton, «ich frage ja aus reiner Besorgnis, dass es dir gut gehen soll.»

«Ja, diese runde Scheibe da ist seltsam, nicht wahr?» stotterte Gurios. Er rang hörbar nach Worten, machte eine lange Pause und hustete und schluckte. Endlich schien er eine überzeugende Erklärung gefunden zu haben.

«Das war so: Vor einiger Zeit hatte ich einen wundersamen Traum. Ein goldener Stier ist mir erschienen und hat am Sonnenkreis gezwirbelt, dass er sich schnell drehe, und ich, ich sass daneben, und da hat er mir eine kleine runde Sonnenscheibe in die Hand gedrückt und mir befohlen, rundherum aufzuschreiben, was er mir diktierte.»

«Was hat er dir denn diktiert? Was steht denn da geschrieben? Ist das ein Fluch?» drang Odakos weiter in ihn.

Gurios schluckte und hustete ausgiebig. Dann schien ihm wieder etwas eingefallen zu sein. Munter erzählte er:

«Im Traum schienen mir seine Worte gar nicht verrückt, im Gegenteil, es machte alles Sinn, und wie selbstverständlich schrieb ich nach seinem Diktat, im Kreis herum wie auf die Sonnenscheibe. Doch jetzt, wo ich wach bin, im Tageslicht, verstehe ich überhaupt nichts mehr. Die Zeichen, die ich im Traum aufgeschrieben habe, scheinen mir jetzt verrückt und völlig wirr. Das sind ja gar keine Schriftzeichen.»

Manis staunte über die Schlagfertigkeit des Gurios.

«Sie sind wohl heilig. Solche Zeichen braucht kein Mensch, sie drücken aber Heiliges aus. Doch ob es Segen bringt, oder vielleicht doch Fluch, das wird sich zeigen. Jedenfalls hat der Stier im Traum mir noch strikte befohlen, die runde Scheibe unbedingt in der Höhle zu belassen und unter keinen Umständen ans Sonnenlicht hinauszutragen.»

Gurios klang erleichtert über die gelungene Geschichte.

«Erinnerst du dich denn überhaupt nicht mehr, was er dir diktiert hat?» fragte Odakos atemlos, jedoch bemüht, locker und nur mässig zudringlich zu klingen. Er schenkte rasch nach.

«Es hatte etwas mit dem Wissen zu tun, erinnere ich mich,» murmelte Gurios mysteriös, «viel habe ich in meiner langen Zeit als Heiler gewusst und gelernt, und vieles wieder vergessen.»

Geräuschvolles Schlucken und Rülpsen.

Gurios rang offensichtlich nach weiteren Eingebungen.

«Nimm doch noch einen Schluck, das wird deinem Magen gut tun, und das wird dein Zittern mildern.»

Schlürfen und Schmatzen.

Darauf hörten sie die Stimme von Gurios noch lallender, unklarer.

«Ja, das alte Wissen um die Geheimnisse des Tempels, das ist nicht untergegangen mit dem Tempel ... das lebt weiter in mir drin, und soll weiter leben, es muss nur wiedererweckt werden ... die geheimen Kräuter, die richtigen Opfertiere, die Gebete, der Tempelschatz ...» Ein kindisches Kichern und Glucksen folgte.

Die Lauscher spürten förmlich, wie Odakos beim letzten Wort den Atem anhielt. Auch der Mürrische zuckte zusammen, reichte Manis seinen leeren Becher und schob ihn kräftig weg.

11

Gegen den feuchten Winter hin ging es mit Gurios sichtlich abwärts. Nicht nur das Alter machte ihm immer mehr zu schaffen, nein, auch das Trinken. Der Palast-Saft hatte es in sich, besonders die exklusive Sorte, in grossen Mengen genossen.

Es konnte geschehen, dass, wenn Manis von Knossos zurückkam, Gurios ihm aufgeregt den Beutel von der Schulter zerrte, gierig hineingriff, um gleich drin zu wühlen und zu suchen, was für Leckerbissen Manis mitgebracht hatte. Wenn da zarte, getrocknete Fischstücke dabei waren, biss er mit seinen grossen gelben Zähnen flugs hinein. Gleichzeitig jedoch griff er mit der andern Hand zuunterst in den tiefen Beutel, und wenn er da die schlanke Amphore fasste, die weich eingepackt in alten Lumpen lag, begann er zu zittern und zu geifern. Hastig goss er den starken priesterlichen Trunk in seine Kehle, und Manis staunte, wie viel leichter die Amphore nachher war.

Danach erst fand Gurios jeweils Zeit, Manis zu begrüssen und ihn nach seinen Erlebnissen im Unterland zu fragen.

Diese tierisch-gierige Art, ihn zu empfangen, war neu. Manis bemerkte wohl, dass Gurios sich verändert hatte, und nicht unbedingt zu seinem Vorteil. Aber es lag nicht an ihm, einen alten Mann, der von Gliederschmerzen geplagt wurde, zu kritisieren.

Manis erfand Listen und Tricks, um Gurios zu helfen. Nur der Kräutersaft, den Gurios selber herstellte, half ihm wirklich. Doch wenn ihn Schmerzen plagten und er schlecht geschlafen hatte, verlangte er stets nach dem Saft aus der schlanken Tempel-Amphore, den Odakos meist persönlich brachte. Nach einigen Schlücken wurde Gurios egoistisch, unduldsam, trotzig; oft lallte er nur noch.

Manis sann und grübelte, wie er die Folgen etwas mildern könnte. Warum nicht die beiden Getränke mischen? Doch das war ein kläglicher Misserfolg. Gurios schrie und fluchte und warf den Becher in einem weiten Bogen von sich.

Wieder suchte Manis nach neuen Ideen: Vielleicht mit etwas Wasser nachhelfen? Die Idee stammte immerhin von Gurios persönlich. Er begann mit einer kleinen Beigabe von Wasser, um den Trank zu verdünnen. Als Gurios nichts zu beanstanden hatte, wurde Manis kühner. Er leerte etwas mehr aus vom Trank und füllte wieder Wasser nach. Das wirkte eine Weile, Gurios hatte wieder bessere Zeiten.

Doch Manis musste stets neue Tricks und Ausreden erfinden. Die Flasche war unauffindbar, da er sie versteckt hatte, und Gurios konnte nicht mehr in alle Winkel kriechen, sie zu suchen. Oder Manis hatte keine Zeit, oder musste dringend weg. Oder Odakos hatte nur eine winzige Portion liefern können.

Es war auch eine andere Veränderung im Heiler eingetreten. Irgendwie interessierten ihn die Leiden der anderen nicht mehr persönlich, und mit dem Allerweltskräutertee, von welchem sie Unmengen getrocknet hatten, speiste er die meisten ab, nachdem er zuvor ihre Bezahlung empfangen hatte.

Gedanken und Träume ganz anderer Art schienen ihn umzutreiben, oft sass er stundenlang unbeweglich und trübselig in seinem Sessel.

«Es geht nicht mehr lange mit mir,« hörte Manis ihn oft murmeln.

«Wenn ich nur wüsste, wie weiter ...».

«Irgendwie sollte ich es weitersagen .. «

Manis spürte, dass ihn irgend etwas plagte, etwas Unaussprechbares bedrückte. Gurios grübelte und schien etwas zu suchen. Manis gab sich alle Mühe, Heiterkeit zu verbreiten und düstere Gedanken zu verscheuchen. Doch das gelang immer seltener.

Plötzlich eines Tages, als Gurios keinen Tropfen getrunken hatte, rief er unerwartet klar und munter nach Manis. Er wirkte zufrieden und gelöst.

«Ich hab's. Jetzt weiss ich, wie ich es machen muss.»

Besorgt liess Manis das Holzstück, aus dem er gerade etwas Löffelartiges schnitzen wollte, fallen und eilte herbei.

«Wovon redest du? Wie geht es dir?»

Gurios stellte ihn vor sich hin und sprach langsam, mit einem Blick, der schon in eine ferne Zukunft wies:

«Manis, ich hüte ein ganz wichtiges Geheimnis, das ich dir gerne anvertrauen würde, aber es darf nicht über meine Lippen gehen, so lange ich lebe, ich habe ein Gelübde getan. Und jetzt weiss ich, wie ich es dir weitergeben kann. Ich schreibe es auf, und wenn ich tot bin, kannst du es lesen, nur du, da nur du unsere Schrift verstehst, und ich habe mein Gelübde nicht gebrochen! Ich schreibe es auf eine schöne runde Tonscheibe, und du versprichst mir, sie erst zu lesen, wenn ich nicht mehr da bin.»

Er schien so erleichtert, das Problem gelöst zu haben, dass er wieder aufblühte. Er rief nicht einmal nach der Flasche. Manis musste ihm eine schöne runde Scheibe aus allerfeinstem Ton bringen, und gleich fing Gurios an, sie zu bedrucken.

Die Arbeit nahm viel Zeit in Anspruch. Tagelang war Gurios zufrieden beschäftigt und trank weniger. Oft sprach er stundenlang

nichts, versunken in das Werk. Manchmal kicherte er, dann rief
er wieder nach Wasser, um das Geschriebene zu löschen oder zu
korrigieren.

Nach und nach füllte er die beiden Seiten einer wunderschön
runden Scheibe mit Zeichen, die er sorgfältig zwischen die Spirallinien eindrückte.

Manis liess ihn in Ruhe arbeiten.

12

Diesmal war nun wirklich die Ziege schuld gewesen, die alte rauh-
haarige Ziege, die sich plötzlich geweigert hatte, zu fressen. Selbst
die erlesensten Kräuter hinter dem roten Felsen hatte sie schnöde
mit ihrer Schnauze beiseite geschoben. Die einzige Ziege, die das
Erdbeben überlebt hatte.

Sie war offensichtlich krank, sie musste hinunter nach Knossos
gebracht werden, und zwar möglichst rasch, zu Pokritis, der sich in
solchen Dingen auskannte. Gurios war unschlagbar, was Krankheiten
und Gebrechen von Menschen betraf, da kannte er keine Scheu. Aber
Tiere? Das war etwas anderes, die waren heilig, kostbar, unersetzlich.
Da wagte er sich nicht heran, da scheute er sich einzugreifen.

Nach zwei langen Tagen in Knossos unten hatte sich Pokritis
endlich zur Erkenntnis durchgerungen, dass die Ziege noch einige
weitere Tage Beobachtung brauche, und dass Manis besser zurück
zu Gurios gehe, vorläufig ohne Ziege. Der alte Gurios konnte seine
Fürsorge und Dienste bestimmt gut brauchen.

Und nun dieser Schrecken, als Manis die Abkürzung hinaufeilte:
der Alte nicht vor der Höhle, aber auch keine Sänfte.

Zwei Tage und eine Nacht war Gurios allein gewesen.

Manis kürzte seinen Weg noch mehr als gewöhnlich ab, hastete
über Felsen und Brocken. Die Hand, mit der er den Beutel über
seiner Schulter festhielt, schmerzte, und der Beutel klebte ihm am
schweissnassen Rücken.

Über dem Berggipfel hatte sich eine zu dieser Jahreszeit unge-
wohnt schwarze Wolke aufgebaut. Irgend etwas stimmte nicht.

Atemlos stürzte er in den dunklen Raum.

Gurios lag am Boden, hinten an der Wand, reglos. Manis warf sich vor ihm auf die Erde und ergriff seine Hände.

«Gurios, was ist los? Sag mir schnell, wie fühlst du dich?»

Es roch scharf nach dem Kraftwasser. Bestimmt hatte er seine Portion vergrössert, gar verdreifacht, und das war ihm nicht allzu gut bekommen, nach dem Erbrochenen zu urteilen, das Manis rasch von seinem Mantel und vom Boden aufwischte.

Voller Angst neigte sich Manis über ihn und hielt ihm den Kopf. Er flösste ihm kaltes Wasser ein, doch das rann über die Wangen.

Da überkam es Manis eiskalt. Gurios regte sich nicht, sprach nicht, atmete nicht – war das der Tod?

Jetzt erst sah Manis die Scheibe, auf einem Holzgestell leicht angelehnt, fein säuberlich getrennt vom üblichen Haufen der frisch gebrannten viereckigen Täfelchen am Boden. Gurios hatte ihm, bevor Manis wegging, noch verraten, dass der persönliche Diskos mit dem Geheimnis beinahe fertig war, und dass er ihn zusammen mit den viereckigen Plättchen für den Palast brennen wolle, während Manis im Unterland war. So werde es ihm bestimmt nicht langweilig, wenn sein Kamerad nicht bei ihm sei. Er schärfte Manis noch ein, den Diskos ja erst zu lesen, wenn er tot war. Manis hatte gelacht und gesagt, dann könne er hoffentlich noch lange warten.

Da stand die Scheibe, schön rund und wundervoll gleichmässig beschrieben und gebrannt. Gurios hatte also sein Versprechen gehalten und sein Geheimnis für Manis aufgeschrieben.

Einen kurzen freudigen Blick gönnte er dem Diskos. Doch jetzt war nicht die Zeit, ihn zu lesen. Das wollte er später in aller Ruhe tun. Zuerst musste er Hilfe holen. Er hätte sich geschämt, im Anblick des Toten die Scheibe anzurühren. Er rannte aus der Höhle, ohne sich noch einmal umzusehen. In Archanes unten würden sie ihm helfen.

Im Dorf fand er zuerst Marana, die alte Wahrsagerin, welche Gurios auch schon in seiner Höhle besucht hatte.

«Marana,» schluchzte Manis, «etwas Schreckliches ist geschehen. Gurios ist tot.»

Sie nahm ihn in ihre Hütte und gab ihm Wasser mit etwas Starkem drin zu trinken, damit er sich beruhige.

«Das musste ja einmal geschehen. Kein Mensch wusste genau, wie alt er schon war. Denk auch, jetzt muss er nie mehr leiden. Schauen wir doch nach, wer wohl im Dorf Hilfe bringen könnte.»

Gemeinsam zogen sie aus, doch sie fanden nur alte Frauen, welche die kleinsten Kinder hüteten, alle anderen, kräftige Junge und starke Männer und Frauen, waren auf den Feldern oder in den Olivenhainen tätig, sie würden alle erst gegen Abend zurückkehren. Aber es eilte ja nicht, fand Marana, denn wenn der Heiler wirklich tot war, so wäre es am etwas kühleren Abend früh genug, zur Höhle hinaufzusteigen.

So half ihr Manis zuerst, Holz aus dem nahen Hain zusammenzulesen und in die Hütte zu tragen, damit sie Feuer anfachen konnte. Auch die störrische Ziege, die sich so schlecht melken liess, konnte Manis bändigen. Dann räumte er einen grossen Berg Abfall, der sich vor der Hütte aufgetürmt hatte, weg in die Schlucht, und darauf wurde er gebeten, das Dach doch mit frischen Zweigen zu bedecken, damit es etwas dicker und weniger durchlässig würde. Er wurde reichlich gelobt für seine Arbeit und erhielt frische saure Milch. Die zehn Krüge Wasser, die er dann aus der Zisterne im Dorf in Maranas grossen Wasserbehälter goss, waren auch schnell herbeigeschleppt.

Als die Dorfbewohner gegen Sonnenuntergang endlich von den Feldern heimkehrten, waren sie sich bald einig, dass der Dorfpriester und vier starke Männer mit einer Bahre hinaufsteigen und den toten Heiler ins Dorf hinunter tragen sollten, um ihm eine würdige Bestattung zu geben.

Nachdem sich die auserwählten vier Träger gestärkt hatten, machten sie sich zusammen mit dem Dorfpriester an den Aufstieg. In einem gewissen Abstand folgten auch einige Frauen und Kinder.

Als sie auf den Weg traten, der zur Höhle hinauf führte, meinte Manis, in der untersten Kurve eine Karawane im Abstieg zu sehen. Von weitem schien es ihm, es sei die Sänfte des Odakos mit den beiden Trägern.

Was hatte denn Odakos an diesem Tag in der Höhle für Geschäfte? Allerdings war er oft unerwartet gekommen. Seine Besuche waren wahrscheinlich von seiner Befindlichkeit oder von seinem Bedarf an Gold abhängig. Diesmal hatte der Dicke einen vergeblichen Gang auf den Berg gemacht und konnte nun den Tod des Heilers gleich persönlich im Palast unten melden.

Gurios war ein Heiliger gewesen, er sollte in einem würdigen Grab seine letzte Ruhe erhalten. Der Priester und die vier starken Männer mit der Bahre betraten die Höhle, die Dorfbewohner blieben in einigem Abstand stehen. Räucherstäbe, gewirkte Tücher, Öllampen hatten sie mitgebracht, um den Toten feierlich aus der Höhle den Berg hinunter zu tragen. Manis folgte ihnen in die Höhle und blickte rasch um sich. Der Tote lag noch genau gleich am Boden. Der ganze Berg der frisch gebrannten Buchhaltungsplättchen war verschwunden, abgeholt, ebenso die kleineren Gaben, wie Manis mit einem Blick in das Gefäss neben dem Sessel feststellte. Gut, das war üblich so. Das war die Aufgabe des Odakos.

Doch auch der Diskos war weg!

Manis erschrak. Verstohlen schaute er sich um, ob er ihn wohl irgendwo sonst erspähen könnte. Doch er sah nichts – die Scheibe war verschwunden. Er liess sich nichts anmerken, es wäre pietätlos gewesen, im Anblick eines Toten sich über eine Kleinigkeit zu ereifern.

Hatte Odakos die Scheibe mitgenommen?

Sorgsam wickelten sie den Toten in Tücher, betteten ihn auf die Bahre und trugen ihn den Berg hinunter. Manis blieb allein zurück in der Höhle.

Ganz allein. Jetzt würden keine Pilger mehr kommen. Es war unheimlich. Nie mehr würde Gurios in die Höhle hinein humpeln und sich zu ihm setzen, mit ihm spielen und mit ihm über den vergangenen Tag plaudern. Es war totenstill.

Gleich legte sich Manis auf sein Lager zum Schlafen. Doch er fand den Schlaf nicht. Es war nicht so sehr der Gedanke, dass er allein sei, nein, ein anderer Gedanke beherrschte ihn die ganze Nacht hindurch. Er dachte nur noch an den schönen runden beidseitig bedruckten und frisch gebrannten Diskos, auf den er sich so unbändig gefreut hatte. Und den er schon beinahe in der Hand gehalten hatte. Wie ärgerte er sich jetzt, dass er ihn nicht einfach gepackt und eingesteckt hatte. Wo war der wohl jetzt?

Am nächsten Morgen verliess er die vereinsamte Höhle. Er

brauchte nicht lange, um sich bereit zu machen. Er schaute sich rasch um, was noch alles vorhanden war, und füllte seinen Beutel mit einigen Feigen, einem soliden Stück Trockenfleisch und etwas Käse. Auch einige kleine Säckchen mit den begehrtesten Kräutern und Heiltees des Gurios nahm er mit. Vielleicht könnte er das eine oder andere einmal brauchen.

Und dort drüben, unbeachtet in einer Ecke, stand das unansehnliche tönerne Töpfchen, in welchem die Stempelchen lagen. Zitternd griff er hinein. Wenigstens die waren ihm geblieben! Er liess die kleinen lieben Stücke in einen soliden Lederbeutel gleiten und versenkte ihn tief in die Tasche seines Umhangs. Die wollte er stets mit sich tragen, als Erinnerung.

13

Dann zog er los, weg von der Höhle, die für eine Zeit seine Heimat gewesen war.

Er wusste genau, was er zu tun hatte. Er gab sich Mühe, selber zu glauben, was er sich einredete: Derjenige, der am Abend noch die Plättchen abgeholt hatte, wahrscheinlich Odakos persönlich, hatte die runde Scheibe aus Versehen mitlaufen lassen. Es handelte sich eindeutig um einen Irrtum. Manis bemühte sich mit aller Kraft, das zu glauben.

So würde er den Diskos im Palast abholen – so einfach war das.

Doch als er vor dem Palast stand, verliess ihn seine Selbstsicherheit. Zaghaft näherte er sich dem kleinen Fenster an der Westseite.

Es duftete verführerisch nach frischem Gebäck. Der alte nette Verwalter Koriatis trat ans Fenster.

«Was suchst du denn hier, Kleiner? Wir haben es alle gehört, dein Meister ist tot, und die Buchhaltungstäfelchen hat jemand schon abgeholt. Jetzt wirst du mir wohl keine neuen mehr bringen, und ich muss keine Rationen mehr zusammenstellen.»

Manis versuchte, neutral und ruhig zu sprechen:

«Ich komme nicht wegen der Rationen, ich komme, weil ein Irrtum geschehen ist. Odakos hat aus der Höhle, als der Heiler schon tot war, die Täfelchen abholen lassen, aber er hat aus Versehen eines mitgenommen, das mir persönlich gehört, das hätte ich gern zurückgeholt.»

«O je, das wird schwierig sein, eines der Täfelchen herauszupicken. Du weißt ja, es sind grosse Haufen, die durcheinander geschüttelt werden. Aber versuch's doch einmal drüben, direkt bei Odakos.»

Allein in sein Kontor gehen? Das hatte er noch nie getan. Ausser beim ersten Mal hatte Koriatis ihn immer in der Pförtnerstube warten lassen.

Koriatis sah seine Verwirrung.

«Komm, ich führ dich hin, es ist leicht zu finden, wenn man sich auskennt.»

Er führte ihn durch eine schmale Türe und durch enge Korridore. Schliesslich wies er auf eine grössere Öffnung am Ende eines langen Ganges.

«Geh nur dort hinten hinein und erkläre, was du willst. Ich muss jetzt rasch zurück, sonst werden meine Brote schwarz.»

Zögernd ging Manis auf die Öffnung zu, die ihm gezeigt worden war. Sie war mit einem Stück Stoff bedeckt, das im Durchzug flatterte. Als er sich näherte, hörte er laute wütende Stimmen. Es klang bedrohlich.

«Das war meine letzte Tat in deinen Diensten. Ich habe genug davon, einen fetten Dieb herumzutragen, der alles für sich behält. Entweder du gibst mir die sechs Goldketten und die beiden Bronze-Teller heraus, die du dem Gurios noch in der letzten Woche abgenommen hast. Oder ich verpetze dich beim Obersteuerminister.»

Manis meinte die Stimme zu kennen – war das der Gelbe, der hintere Träger, der Lauscher?

«Was geht dich das an? Halt die Schnauze und verschwinde. Du hast deinen Lohn erhalten, wir sind quitt.»

«Der Obersteuerminister wird sich freuen, über die Ketten zu hören. Und all das andere, das wird ihn auch interessieren.»

«Du Hund, was drohst du mir? Verschwinde aus meinem Kontor, aber plötzlich!»

Da schien ein heftiger Streit im Gange. Manis duckte sich und drückte sich in eine Nische. Ein lautes Krachen, so wie wenn ein schwerer Körper zu Boden gefallen wäre, ein Schrei, ein Fluch, ein

Poltern. Der Vorhang flog grob auf die Seite, und ein hünenhaft grosser Mann stürzte an ihm vorbei. Es war wirklich der Sänftenträger, der Gelbe.

Er hatte etwas in der Hand. Manis konnte den Gegenstand nicht mit absoluter Sicherheit erkennen, aber es schien ihm eine kurze Sekunde lang, es sei sein Diskos.

Dann folgte eine unheimliche Ruhe. Manis wartete und wartete. Nichts geschah.

Er musste nachschauen.

Zögernd öffnete er den Vorhang und betrat den Raum. Mit einem Schrei wich er zurück. Am Boden lag Odakos, in einer Blutlache, die sich ständig ausdehnte. Sein Kopf zerschmettert an einem harten kantigen Gestell aus Kupfer.

Da hörte er Leute durch den Gang eilen, und zwei Diener stürzten in das Kontor.

«Mörder, Mörder,» riefen sie, und schon packte ihn der eine derb an der Schulter und schüttelte ihn.

«Was hattest du hier zu suchen? Was hast du mit Odakos gemacht?»

«Ich bin eben erst hierhergekommen und habe einen Streit gehört, dann ist der Sänftenträger davongerannt, und Odakos lag tot da. Ich wollte nur meine Scheibe abholen.»

«Unverschämter, noch so zu lügen! Das wird dir bald vergehen,» und der Kerl zerrte ihn grob aus dem Zimmer und schleppte ihn durch den Korridor, zwei Treppen hinunter und durch einen schmalen dunklen Gang. Am Ende des Ganges riss er eine Türe auf, warf Manis hinein, und das Schloss schnappte zu. Er war eingesperrt.

14

In seinem Kerker hatte er genügend Zeit zu spekulieren, wo der Diskos wohl sei. Doch das Sinnieren brachte ihm bloss Ärger und Reue und führte zu nichts. Es war fruchtbarer sich zu überlegen, was wohl auf dem Diskos stehen könnte. Gurios und er hatten lange intensive persönliche Gespräche geführt, über Götter, den Himmel, die Güte und die Bosheit der Menschen, einfach über alles.

Hatte ihm Gurios noch einiges aus seinem Kenntnisschatz der Heilkunst mitteilen wollen? Oder kannte er das Schicksal von Kreta im Voraus? War das Erdbeben nur ein Vorzeichen gewesen? Wusste Gurios von einem besondern Fluch, den es zu bannen galt?

Doch der eine Gedanke stellte sich immer wieder ein: Warum wollte der Gelbe unbedingt die Scheibe haben? Was verstand der davon? Wusste er denn, dass ein Geheimnis darauf stand? Er konnte bestimmt nicht lesen, nicht einmal Linear, sonst wäre er nicht ein blosser Sänftenträger gewesen.

Doch da erinnerte er sich, wie der Gelbe am Spalt gelauscht hatte. Er hatte wohl von den nicht ganz sauberen Geschäften zwischen Odakos und dem Heiler in der Höhle einiges mitbekommen und Odakos mit seinem Wissen erpressen wollen. Und als Odakos nicht auf die Erpressung einging, hatte er ihn umgebracht!

Und jetzt erinnerte sich Manis auch wieder, wie der Gelbe ihn weggeschubst hatte, als Gurios, betrunken, zu faseln begann und das Wort Tempelschatz fiel. Das war wohl der Grund.

Jetzt war Manis beinahe sicher, dass auf der Scheibe etwas über den geheimnisvollen Tempelschatz stand.

Nach drei Tagen, in denen er stets nur eine Hand gesehen hatte, die ihm etwas Wasser und Hirsebrei reichte, flog die Türe auf und zwei Hände packten ihn.

«Komm heraus, du Schuft,» herrschte ihn eine barsche Stimme an, «dein Opfer will dich sehen.»

Und schon wurde er derb in ein Zimmer hineingestossen, wo auf einem weichen Lager der Dicke lag, beinahe nicht zu erkennen, denn sein Kopf war in riesige weisse Verbände gehüllt. Also war er nicht tot, bloss verletzt.

«Hier ist der Schurke!»

Mühsam drehte sich Odakos ihm zu. Dann brach er in zorniges Knurren aus.

«Das ist nicht der, der mich geschlagen hat! Ihr habt den Falschen erwischt. Ich habe es doch schon gesagt, es war mein Sänftenträger, der grosse mit der gelben Mütze!»

Zornig über die Störung wandte er sich wieder gegen die Wand.

Die beiden Wächter lockerten ihren Griff, stiessen Manis durch die Türe und der höhere sagte mit heiserer Stimme:

«Du kannst verschwinden!»

Wie ein Hund aus dem Palast gestossen! Aber immerhin frei nach drei Tagen Kerker. Erst einmal freute er sich am Sonnenlicht und an der Wärme vor dem Palast.

Er setze sich auf einen Strohballen, schüttelte sich und versuchte, einen klaren Kopf zu bekommen. Und jetzt wie weiter? Was sollte mit ihm geschehen?

Kein Mensch suchte ihn, kein Mensch kümmerte sich, wo er war, er war keinem Menschen etwas schuldig. Er war ganz auf sich gestellt.

Er hatte eine einzige grosse Aufgabe, die sein ganzes Denken erfüllte: die Tonscheibe zu finden.

War sie noch irgendwo im Kontor des Odakos, oder hatte der Gelbe sie tatsächlich gestohlen? Wo in aller Welt war sie?

Und wie konnte er sie je finden? Je länger er nachdachte, desto hoffnungsloser schien ihm die Lage.

Er kämpfte mit sich, um sich nicht verzagt, traurig, hilflos zu fühlen. Selbstmitleid war das letzte, das er jetzt brauchen konnte. Jetzt hatte er eine Aufgabe, eine riesengrosse, beinahe unlösbare Aufgabe – er würde sie lösen, koste es, was es wolle!

Er riss sich zusammen, stand auf, und ganz automatisch wusste er, dass ein Besuch am Hafen ihm seine Lebenslust zurückbringen würde. Einfach so – das Meer sehen, und vielleicht sogar ein Schiff sehen, das würde seine Daseinsfreude wieder wecken. Nur erst einmal weg vom Palast, weg aus der Stadt Knossos.

Der blosse Gedanke daran heiterte ihn auf. Er eilte die lange Strasse nach Amnissos hinunter, wie wenn es gälte, den Dieb noch einzuholen.

Kaum war er am Wasser, wurde er belohnt. Soeben kam ein Schiff daher, ein grosses, prächtiges, das bestimmt nicht nur der Küste entlang fuhr, das dem Sturm, den Wellen standhielt. Ein Prachtstück, ein Meisterwerk luxuriösen Schiffbaus. Das war kein kretisches Schiff, die Kreter legten mehr Wert auf Seetüchtigkeit als auf Schönheit und Aussehen. Was da daherschwamm, hatte ganz eindeutig Stil.

«Woher kommt denn das prächtige Schiff?» fragte er einen wartenden Hafenarbeiter.

«Aus Achaia, das sieht man doch, die haben die vornehmsten und wendigsten Schiffe, die wohnen auf so vielen Inseln, dass sie ständig auf Schiffen leben müssen, um sich gegenseitig zu besuchen.»

Achaia? Ein Land, das er schon lange gerne gesehen hätte, ein Land, von dem seine Mutter ihm erzählt hatte. Sein grosser Bruder Adamas mit dem glatten schwarzen Haar, ein begabter Maler, sei auf eine Insel ausgereist, um einem reichen Mann eine Villa auszuschmücken. Er werde wohl nie mehr zurückkehren, hatte die Mutter gemeint.

Wie gut erinnerte sich Manis noch an seinen grossen bewunderten Bruder! Still und ernst hatte er sich seiner Malkunst gewidmet, und als Manis noch recht klein war, war der Bruder schon nach Knossos an die Malschule des Palastes geschickt worden. Selten war er wieder in Anemospili aufgetaucht.

Ein wilder Gedanke packte ihn: Sollte er gleich versuchen, sich anheuern zu lassen, Kreta ganz hinter sich zu lassen, nach Achaia zu ziehen? Kein Mensch würde ihm nachtrauern, niemand würde ihn vermissen, da seine ganze Familie und Gurios ja tot waren. Und er würde endlich etwas von der grossen Welt sehen.

Doch halt, das ging nicht an. Wieder musste er sich zusammenreissen, auf die Zähne beissen und sich sagen, dass er einen hehren Auftrag hatte – die Tonscheibe! Das schuldete er Gurios, der ihm so viel bedeutet hatte. Und das schuldete er auch sich selber, denn wer sonst wusste, was Gurios der Nachwelt weitergeben wollte? Vielleicht stand darauf einiges mehr für seine Zukunft als ihm auf Schiffen beschieden war.

Ein Schaudern ergriff ihn, wenn er daran dachte, dass er der einzige Mensch auf ganz Kreta war, der imstande war, den Text zu entziffern. Konnten die anderen noch so gescheit und gebildet und fleissig sein – diesen Text würden sie nie verstehen können.

Schiffe konnten im Augenblick etwas warten, die gab es auch zu anderen Zeiten. Später, erst nachdem er seine Pflicht dem Diskos und Gurios gegenüber erfüllt hatte, würde er dort eine neue Aufgabe finden. Auf Schiffen waren junge, kräftige Burschen bestimmt immer gesucht. Zuerst musste er sich auf die Suche nach der Scheibe machen. Auch wenn sie gestohlen war, früher oder später würde er etwas davon vernehmen, wohl am ehesten in der Nähe des Palastes.

Er wandte sich rasch ab. Wegschauen. Das herrliche Schiff für dies eine Mal ziehen lassen. Er zwang sich, nicht zu warten und zuzuschauen, als einige Passagiere ausstiegen.

So sah er nicht mehr, wie ein hochgewachsener Mann mit glatten schwarzem Haar und eine muntere junge Frau mit einer kecken Nase ausstiegen.

15

«Keta – endlich sind wir in deiner Heimat!»

Die junge, muntere Frau neben dem ernsten Mann rannte ungestüm über die Planken und hüpfte auf dem Sand herum.

Sie wandte sich zu ihrem Begleiter und umarmte ihn stürmisch:

«Danke, Adamas, dass du mich hierhergebracht hast, hier wollen wir bleiben. Kreta ist herrlich, genau wie ich es mir vorgestellt habe.»

Sehr viel hatte sie allerdings noch nicht gesehen, doch da sie sich so sehr gefreut hatte, genügte das wenige vollauf. Das lag in ihrer Natur.

«So, bist du nun zufrieden, Minea? Ja, Kreta ist immer wieder ein Wunder,» sagte ihr Begleiter, der gemessen über die Planken geschritten war und seine Freude über die Rückkehr nach Kreta und den gelungenen Wiederaufbau der Anlagen nicht auf diese ungestüme Art ausdrücken konnte. Dazu war er zu ernsthaft. Und doch freute auch er sich sichtlich, heimischen Boden zu betreten.

Mit vielen Unterbrüchen und freudigen Rufen von Minea und Erklärungen schritten sie der Stadt Amnissos entgegen, um dort Reittiere zu finden, die sie nach Knossos bringen sollten.

Die meisten anderen Passagiere waren schon ein gutes Stück weiter gekommen. Da kam ein verstört wirkender Mann hinter einem Olivenbaum hervor, schaute sich ängstlich um und stellte sich dann vor sie hin. Er war hager und grossgewachsen, seine Gesichtshaut hatte einen gelblichen Ton, seine langen Haare waren knapp von einer gelben Mütze bedeckt.

Er vergewisserte sich, dass niemand in der Nähe zuhörte, dann packte er Adamas am Arm und zog ihn etwas weg vom Pfad.

«Ihr seid nicht von hier, ihr seid eben erst angekommen?»

Als Adamas das bejahte, zog der Mann etwas aus seinem Hemd hervor und hielt ihm einen Gegenstand nahe vor die Augen. Adamas guckte vorsichtig hin, was der Fremde da festhielt. Seine Vorsicht war übertrieben, denn ausser Minea war niemand in der Nähe.

«Diese Scheibe aus Ton ist sehr wertvoll, sie wird dringend gesucht von einem der Steuereintreiber in Knossos. Wer sie im Palast abgibt, wird belohnt. Wollt ihr sie mir abkaufen?»

«Ja, wenn sie so wertvoll ist, warum bringst du sie dann nicht selber in den Palast und holst dir den Finderlohn?»

«Geht nicht, ich habe keine Zeit mehr. Ich muss unbedingt noch jenes grosse Schiff erreichen, bevor es gleich weiterfährt.»

Adamas wurde stutzig.

«Du irrst dich, das Schiff ist ja eben erst angekommen, es bleibt bestimmt noch bis morgen früh in Amnissos, also keine übertriebene Eile!»

«Das schon, aber ich möchte mich möglichst rasch anheuern lassen für die Weiterfahrt.»

Adamas schüttelte den Kopf.

«Aber wenn die Sache so wertvoll ist – warum sollen ausgerechnet wir sie dir abnehmen?»

Der Gelbe begann etwas zu stottern, man verstand knapp einige Worte – etwas verbrochen … gesucht … verfolgt … Kerker … sich verstecken …

«Sei doch nicht so misstrauisch,» griff Minea ein, die herbeigekommen war, die Scheibe an sich nahm und betrachtete.

«Schau doch mal, wie hübsch das Stück ist, hast du je so etwas gesehen? Die Spirale ist genial – so etwas schreiben zu können – das war ein Genie.»

Adamas sah sich die Sache näher an.

«Was sagst du denn von Schreiben? Das sind doch keine Schriftzeichen, das sind ganz deutliche kleine Bildchen. Das ist wohl ein Spiel.»

«Meinst du? Es könnte auch ein Kalender sein, der die Sterne und den Mondlauf und die Meinung der Götter dazu ausdrückt.»

Minea drehte und wendete die Scheibe entzückt.

«Auch wenn sie nichts wert ist – ich möchte sie so gerne haben. So etwas Spannendes habe ich noch nie besessen. Was willst du denn für das Ding?»

Der Gelbe wandte sich hoffnungsvoll an Minea, die ihn zu verstehen schien.

«Was willst du, dass wir dir für die Scheibe geben?» wiederholte sie.

«Was immer ihr entbehren könnt für einen armen Verfolgten. Ihr werdet reich belohnt werden.»

Adamas war unschlüssig.

«Meinst du, wir können es riskieren? Wahrscheinlich werden wir dann gleich als Diebe verhaftet.»

«Adamas, schon wieder so ängstlich,» lachte Minea. «Selbstverständlich nehmen wir die Scheibe, und aus ihrer Tasche zog sie einige Stückchen Gold, die der Gelbe ihr gierig aus der Hand riss. Er hatte kaum Zeit, atemlos danke zu sagen, schon war er weg und rannte wie ein Gejagter davon.

Adamas und Minea standen verdutzt da, dann lachten beide auf einmal. Das seltsame Objekt, der Diskos, der mit rätselhaften Zeichen im Kreis herum bedruckt war, schien ihnen das Gold wert. Beide waren sie überzeugt, dass das Ding irgend etwas Spannendes, ein Abenteuer enthalten könnte.

«Adamas, du bist doch ein Meister im Schreiben und Lesen. Was steht denn da drauf?»

Minea war neugierig, das interessante Stück Ton zu enträtseln.

«Keine Ahnung. Solche Zeichen habe ich in meinem Leben noch nie gesehen. Etwas Ägyptisch habe ich ja studiert, aber dies hier ist nicht Ägyptisch, da bin ich ganz sicher.»

Wieder betrachtete Adamas die Scheibe und drehte sie sorgfältig in alle Richtungen.

«Komische, originelle Zeichen! Die wird wohl Jahrtausende lang niemand entziffern können, das scheint mir eine private Geheimschrift zwischen zwei Freunden zu sein!»

«Komm, bringen wir die Scheibe an den Palast. Der seltsame

Mensch, der sie uns verkauft hat, hat sie wohl gestohlen und wollte sie zu einem Liebhaberpreis loswerden. Dafür hat er einen naiven Käufer gesucht, und den hat er gefunden, uns.»

Der dubiose Handel erwies sich als ein einträgliches Geschäft, denn als die zwei im Palast ankamen, war von nichts anderem die Rede als von einer verschwundenen Scheibe, einem äusserst wertvollen Stück. Vor drei Tagen war das Ding gestohlen worden und musste unbedingt wieder zum Vorschein kommen, hiess es.

Minea war dafür, den Diskos zu behalten und die anderen sich krank ärgern zu lassen. Doch Adamas war anderer Meinung:

«Wenn die Scheibe doch gesucht wird, ist jemand wohl in Not, oder das ganze Land könnte Schaden nehmen.»

«Du siehst immer gleich ganz Kreta in Gefahr, wie wenn die Götter nichts Gescheiteres zu tun fänden als sich mit Kreta abzugeben.»

Doch Minea sträubte sich nicht mehr, denn wenn Adamas etwas wichtig fand, dann war es wohl wichtig.

Also meldeten sie sich an der Palastpforte und erklärten, sie besässen eine Tonscheibe, die ein Flüchtiger ihnen anvertraut habe. Ob es wohl der vermisste Gegenstand sei?

Der Türhüter wusste vom Verlust, er liess sie gleich ehrfürchtig eintreten und führte sie vor Odakos. Der sass bleich in weiche Kissen gebettet auf einem Sessel, den Kopf immer noch in Binden vom Sturz auf den bronzenen Ständer.

«Ich will keine Besucher!» schrie er den Diener an, als der zwei Fremde mit einer Botschaft meldete.

Die Gäste schritten zögernd näher. Als Odakos die Scheibe in den Händen von Adamas sah, änderte sich sein Gehabe schlagartig.

«Kommt herein, setzt euch,» rief er leutselig, und als sie nahe genug waren, erhob er sich mit einer Schnelligkeit, die man ihm nicht zugetraut hätte, und riss Adamas das Stück aus der Hand. Dann sank er mit hochrotem Kopf auf den Sessel zurück.

«Das ist sie, meine Scheibe. Wo in aller Welt habt ihr das Ding gefunden?»

Als sie den Hünen mit der gelblichen Gesichtsfarbe und der gelben Mütze erwähnten, schrie Odakos gleich auf:

«Das war er, der Dieb, der mich in meinem Kontor angegriffen hat. Wo steckt der Lümmel denn jetzt? Dem will ich's heimzahlen! In den Kerker mit ihm! Stockschläge hat er verdient!»

Minea schubste Adamas unauffällig, diesen schwierigen Fall wollte sie lieber selber übernehmen. Odakos schien ein unangenehmer Kerl, und sie sah sofort, warum der Gelbe nicht ausgerechnet wieder in die Hände von Odakos hatte fallen wollen.

«Er hat sich in die Berge davongemacht, er scheint irgendwo in den Westen zu gehören, das ist es, war wir aus seinen gestammelten Worten erfahren haben.»

Adamas verstand, dass Amnissos und das griechische Schiff nicht erwähnt werden durften, und er nickte stumm.

Den beiden Gästen gegenüber kehrte Odakos seine allercharmanteste Seite heraus. Er war äusserst gesprächig, liess Getränke aufstellen und frische Früchte bringen.

«Gut habt ihr mir den Diskos zurückgebracht. Sehr wahrscheinlich liegt ein Fluch darauf, und er hätte euch immensen Schaden bringen können. Ein erfolgreicher, aber etwas eigenartigen Heiler und Eremit, ein guter Freund von mir, hat ihn kurz vor seinem Tod geschrieben, um den Kretern eine Botschaft über seinen Tod hinaus zu hinterlassen. Ich bin sicher, dass der Heiler die Scheibe mir zugedacht hat, daher musste ich sie unbedingt zurückhaben.»

«Verstehst du denn, was drauf steht?» fragte Minea kühn.

«Leider, leider ist mein Augenlicht erbärmlich schwach, es ist mir nicht möglich, die Zeichen genau zu sehen.»

Liebevoll streichelte er seinen wiedergefundenen Schatz.

«Einer unserer Schrift-Kenner im Palast wird uns entziffern können, was der verstorbene Eremit sagen wollte.»

Woher denn die Tonscheibe ursprünglich stamme, wollte Adamas wissen.

«Aus Anemospili, jenem von den Göttern verfluchten und zerstörten Tempel.»

Adamas zuckte zusammen, doch Minea behielt die Fassung und fragte sogleich:

«Was hat die Götter denn so erzürnt an Anemospili?»

Sie hoffte, naiv zu klingen.

«Das Priestervolk dort oben hat die Strafe verdient, denn anstatt alle Gaben dem Palast abzugeben, haben sie einen riesigen Schatz angesammelt und gut versteckt. Als Zeus das hübsche Kalliste bestrafte, hat er im gleichen Aufwisch auch noch Anemospili drangenommen. Alles wurde zerstört und dem Erdboden gleich gemacht.»

Er achtete nicht, wie Adamas sich straffte und seine Hand zu einer Faust ballte.

«Recht ist es ihnen geschehen, den Dieben und Heuchlern!» schnaubte Odakos schadenfreudig.

Adamas zwickte Minea in den Arm, damit sie ja nichts Unbedachtes sage. Sie streckte ihm kurz die Zunge heraus, nur ein kleines bisschen, um ihm zu zeigen, dass sie doch nicht blöd sei.

«Die Scheibe gehört immer noch uns,» sagte Minea bestimmt, «denn wir haben sie dem Besitzer für einige Goldstücke abgekauft.»

«Für wie viele denn, wenn ich fragen darf?» fragte Odakos verdutzt.

Minea erinnerte sich nicht genau, wie viele der kleineren Goldstücke, die sie in ihrem Beutel stets mit sich trug, sie dem armen Verfolgten gegeben hatte. Drei oder vier werden es gewesen sein, dachte sie.

«Sieben Goldstücke habe ich ihm gegeben,» sagte sie kühn. Odakos wirkte nicht wie ein grosszügiger Handelspartner.

«Sieben! das ist reichlich überzahlt! Ich werde euch vier Goldstücke geben.»

«Dann nehmen wir die Scheibe lieber doch wieder mit, da wir sie ja gekauft und bezahlt haben, und schauen, wie wir anderswo zu unserm Gold kommen.»

Mit einem raschen Griff nahm sie den Diskos vom Tischchen weg, auf das Odakos ihn sorgfältig gelegt hatte, und wandte sich dem Ausgang zu.

«Einen schönen guten Tag.»

«Halt,» rief Odakos mit hochrotem Kopf, «nicht so eilig! Lasst mir doch etwas Zeit. Euch ist die Scheibe ja nichts wert, für mich ist sie lebenswichtig. Meinetwegen könnt ihr eure sieben Goldstücke dafür haben.»

«Ich habe es mir anders überlegt, ich möchte die Scheibe doch nicht verkaufen,» lächelte Minea verschmitzt. Das Spiel mit dem Grobian gefiel ihr.

Adamas wurde immer unruhiger, die Stimmung schien ihm unheimlich. Schon längst wäre er gern wieder draussen gewesen. Aber Minea schien die Situation voll zu geniessen und kümmerte sich nicht um die Nöte von Adamas.

«Verflucht nochmals, gib die Scheibe her! Was willst du denn dafür?»

«Wir haben sieben bezahlt, für die Umstände stehen uns nochmals drei zu. Also zehn Goldstücke, oder die Scheibe bleibt bei uns. Immerhin haben wir unsere Reiseroute ändern müssen, und unser Zeitplan ist auch aus dem Lot.»

Auf diesen bestimmten Ton gab es keine Widerrede, das merkte Odakos wohl, und zornig klaubte er zehn Goldstücke hervor.

«Jetzt aber aus meinen Augen, sonst kommt mir die Galle hoch, und das vertrage ich schlecht.»

Minea packte die Goldstücke, verabschiedete sich und schritt stolz aus dem Zimmer und durch den langen Korridor. Draussen auf der Strasse prustete sie los.

«Dem alten Geizhals haben wir's gezeigt. Was fällt ihm ein, so despektierlich über Anemospili zu reden? Wenn der gewusst hätte, wen er vor sich hat – den erstgeborenen Sohn des Oberpriesters von Anemospili!»

Dann fügte sie hinzu: «Hast du nicht eine geschäftstüchtige Gattin, die den Haushaltfinanzen Sorge trägt?»

Adamas küsste sie: «Minea, du bist einfach unbezahlbar. Und was geschieht jetzt? Was hast du vor?»

«Bevor wir nach Anemospili gehen, wollen wir uns doch anhören, was der Dicke mit der Scheibe vorhat, was er davon vorlesen lässt. Mir scheint das Ganze mysteriös, da steckt irgendein Geheimnis oder eine Gaunerei dahinter. Ich muss die Lösung unbedingt erfahren.»

16

Odakos war glückselig. Er trällerte und summte wie ein kleines Kind. Er vergass, dass er ein Rekonvaleszent war und sprang auf aus dem Sitz, um möglichst rasch seinen wiedergewonnenen Schatz in Sicherheit zu bringen.

Er liess sich weiche Schafwolle geben, legte damit eine feste hölzerne Kiste aus und bettete die Scheibe in die Mitte. Schön sah das aus. Doch das war unpraktisch. Wie sollte er die Kiste herumtragen und vor allem beschützen können?

Schliesslich entschloss er sich, die Scheibe in ein weiches Tuch einzupacken und in einem rotausgeschlagenen Henkelkorb herumzutragen, um sie bequem präsentieren zu können.

Doch nun kam das Hauptproblem. Da er ja selber nicht lesen konnte, musste jemand ihm den Text vorlesen. Wen in aller Welt sollte er darum bitten?

Wie konnte er sicher sein, dass der Leser nicht etwas völlig anderes lesen würde, als niedergeschrieben war? Wer würde ihm den Text so vorlesen, wie er wirklich lautete, und dann den Inhalt höflich vergessen? Es war ja durchaus denkbar – Gurios hatte Andeutungen dieser Art gemacht – dass auf der Scheibe der genaue Fundort eines riesigen Tempelschatzes aufgezeichnet war. Ein Vorleser, einer von den Priestern jedenfalls, wäre ja blöde, die ganze Wahrheit laut vorzulesen. Odakos konnte ihm das bestens nachfühlen.

Er stellte sich schaudernd vor, wie der Vorleser, wenn der Text zum Ort des Schatzes käme, stumm, nur mit den Augen, weiterlesen würde, und gleichzeitig etwas anderes ausspräche, um Odakos auf eine völlig falsche Spur zu lenken. Der Leser würde sich den Text still merken und sich dann ungestört bedienen gehen.

Vielleicht müsste er dem Vorleser zum vornherein einen Anteil, einen stattlichen Anteil, sagen wir, mindestens die Hälfte des Gewinnes versprechen, falls er die ganze Wahrheit läse. Aber würde das genügen?

Er durchging die Liste sämtlicher Priester in seinem Kopf. Welchem könnte er trauen?

Keinem einzigen!

Das Problem war, wenn er es sich recht überlegte, eigentlich unlösbar.

Da kam ihm die geniale Idee. Es gab nur eine Möglichkeit: Der Text musste vor allen Priestern gemeinsam im Kollegium vorgelesen werden, und zwar als Überraschung. Sie sollten alle überrumpelt werden. Alle würden sie den Diskos in die Hand nehmen und lesen wollen. So konnte keiner etwas Falsches vorlesen, keiner konnte hingehen und heimlich graben, da der Ort ja allen bekannt war.

Am sichersten war es wahrscheinlich, die Botschaft gleich an einem Volksanlass vorlesen zu lassen. Wenn alle zusammen gleichzeitig erfuhren, was auf dem Diskos stand, würde sich ganz von selbst eine natürliche Überwachung ergeben, denn jeder misstraute jedem.

So ganz sicher war Odakos ja auch wieder nicht, ob der Diskos wirklich Angaben zum Schatz enthielt, oder ob doch vielleicht eine allgemeine Weisheit oder ein Orakelspruch, ganz Kreta betreffend, zu hören war, oder vielleicht eine ernsthafte Ermahnung zu Tugend und Pflicht. Die Hauptsache war doch, dass er etwas Überraschendes, Unerwartetes, Einmaliges darbot, und das vor der ganzen Priesterschaft und dem Volk. So würde er auf einen Schlag berühmt werden, was immer auch der Diskos enthielt.

Heute war ja das Frühlingsfest. Daran nahmen alle Priester, alle Palastangestellten und das ganze Volk teil. Eine ideale Gelegenheit, sich zu profilieren.

Odakos hatte sich, als Schwerverletzter, zwar schon abgemeldet von der Teilnahme und sich auf einen ruhigen Nachmittag bei einem feinen Tropfen Wein gefreut. Jetzt sah das anders aus. Das war die Chance für seinen unvergesslichen Auftritt, der alle Überheblichen ein für alle Mal auf ihre Plätze verweisen würde.

Am späten Nachmittag brannte die Sonne immer noch auf den grossen Platz im Palast. Das ganze Priesterkollegium stellte sich auf dem Podium auf, hoch über dem Volk, das sich in Scharen auf dem Palast-Hof unten eingefunden hatte. Manis war spät eingetroffen, doch er schlängelte sich wendig durch die Menge hindurch und stand bald in den vordersten Reihen. Acht Oberpriester oder Departementvorsteher in purpurnen Roben, drei Dutzend Priester in grünen Mänteln, einige Dutzend Priester der niedrigeren Ränge in gelben Gewandungen und hinter ihnen ein verwirrtes Grüppchen von Priester-Novizen in braunen Gewändern erschienen, um den verschiedenen Sprechern zuzuhören. Ihnen allen, in ihren dicht gewobenen Hüllen, war es nichts als recht, wenn die Zeremonie nicht allzu lang dauern würde. Manche waren ergraut und wackelig, und allen war heiss. Sie sehnten sich nach ihren kühleren Gemächern. Da hatten es die Priesterinnen auf der andern Seite des Podiums besser, ihre leichten Schleier boten Schutz vor der Sonne und flatterten kühl im leichten Lüftchen. Das unten auf dem Platz versammelte Volk war ebenso locker gekleidet. Den Priestern in ihren schweren Mänteln mochten sie die Hitze gönnen – das war der Preis des Ruhmes, Priester zu sein.

Auch der König war anwesend, eine grosse Seltenheit. Unter seinem Baldachin fächelten ihm Dienerinnen Kühle zu.

Viel mehr als drei Stunden sollte die Zeremonie ja wirklich nicht dauern. Besonders spannend versprach sie nicht zu werden, da nichts Besonderes zu feiern war.

Das Gebet an die Grosse Mutter, gesprochen vom Vorsteher der Ritual-Abteilung, war erstaunlich kurz und prägnant, knappe zwanzig Minuten lang. Auch er fühlte die Schwüle. Der Inhalt war präzis formuliert: Dank für das bis heute Erlebte, Dank für die rasche Beruhigung nach dem Erdbeben, Bitte, das kommende Jahr ebenso günstig zu gestalten, wenn möglich sogar noch etwas günstiger.

Durch andere Priester wurden weitere Gottheiten einzeln angerufen in der Hoffnung, sie dazu zu bewegen, ebenfalls einiges zum Wohle des kretischen Volkes beizusteuern.

Dann war die Reihe am Ober-Vorsteher, dem sämtliche Abteilungen unterstanden und der direkt dem König Red und Antwort stehen musste. Sein süffisantes Gehabe war allen bekannt und machte sie gähnen. Seine Worte blähten meist das eben Gehörte auf, seine unendlich langen nichtssagenden Sätze wiederholten und vertieften und zerpflückten die gleichen Themen und walzten sie aus in unerträgliche Längen.

Doch nach einer kürzeren Einleitung der üblichen langweiligeren Art änderte sich seine Stimme, wurde hoch und laut. Wer am eindösen war, schreckte auf, die müde hängenden Leiber der Zuhörer strafften sich, alle schauten erwartungsvoll auf den Sprecher. Hatte er doch noch etwas Neues zu melden?

«Ihr alle wisst, dass der Eremit am Berg oben, der durch seine Kunst und seine Frömmigkeit so manchem von uns geholfen hat, in hohem Alter gestorben ist. Niemals mehr werden wir Gelegenheit haben, bei ihm Hilfe zu holen, unersetzliche, stets höchst wirksame Hilfe. Nie mehr wird er uns mit seinem Wissen raten, wie wir unsere Krankheiten lindern oder gar loswerden können. Nie mehr wird er uns mit seiner Weisheit helfen können, schwierige Lebenslagen zu meistern. Ein ungeheurer Verlust für uns alle, die am Palast Tätigen wie das ganze Volk.»

Eine eindrückliche Pause mit sorgenvollem Blick gegen den Himmel.

«Der gute Gurios hat bis zum letzten Atemzug geheilt und die reichen Gaben der dankbaren Pilger vollumfänglich, in selbstloser Weise, dem Palast zukommen lassen, durch den tatkräftige Einsatz von Odakos. Seine bedingungslose Hingabe an den Palast sei allen ein Vorbild.»

Eine Kunstpause, ein Räuspern, damit die letzten Worte ja genügend Zeit hatten, in alle verstockten Herzen der Steuereintreiber zu dringen.

«Der Palast hat noch die allerletzten Schrifttäfelchen untersucht, die der rührige und aufmerksame Odakos – Dank sei ihm – gerettet hat, bevor minderes Raubgesinde die Höhle plündern kam. Allzu gerne hätten wir seine allerletzten Worte an uns noch aus seinem Mund, lebendig, gehört, doch Gurios starb einsam.

Doch nicht nur seine allerletzten gesprochenen Worte an uns sind verloren. Ein noch viel grösserer Verlust hat uns getroffen. Der gute Gurios – möge er bei den Göttern Ruhe finden – hat nämlich sein Testament auf eine wunderbare Tonscheibe, eine Art Zauberspirale, niedergeschrieben. Odakos hat die Scheibe in verdienstvoller Weise dem Palast übergeben wollen, doch wir alle wissen, was dann geschah: Auf gemeine Weise wurde Odakos von einem Dieb überfallen und niedergeschlagen, die unersetzliche Scheibe – den Göttern sei's geklagt – wurde ihm brutal entrissen, ein unersetzlicher Verlust. Wenigstens können wir uns glücklich nennen, dass unser guter Odakos den gemeinen Angriff überlebt hat, wenn auch schwer verletzt. Er liegt auf seinem Schmerzenslager und kann nicht unter uns feiern.

An alle, die hier versammelt sind, ergeht nun der dringlichste Ruf zu helfen. Die Scheibe muss wieder gefunden werden, koste es was es wolle. Jeder Einzelne ist aufgerufen, mit offenen Augen und Ohren zu spähen und zu horchen, ob er irgend etwas vom Verbleib dieses äusserst wertvollen Objekts herausfinden kann.»

In den hintersten Reihen der Priester bewegte sich etwas. Ein Schieben und Stossen. Keuchend drängte sich eine seltsame Gestalt mit eingewickeltem Kopf durch die Gruppe der Novizen und stolperte vor den Ober-Vorsteher.

«Odakos!» riefen die Vordersten. Und bald wiederholten es auch die hintersten: «Odakos!»

Alle hielten den Atem an, um ja nichts zu verpassen. Eine geraume Weile war es totenstill in der Versammlung, denn vor lauter Erregung konnte Odakos kein Wort hervorbringen. Dann stotterte er:

«Die Scheibe ist zurück! Durch ein Wunder haben die Götter sie mir eben wieder in die Hand gegeben.»

Erstaunen und ungläubige Rufe gingen durch das Volk und durch die Priesterschaft. Der Ober-Vorsteher hielt inne und schaute verdutzt auf die Hand, die ihm da etwas entgegenstreckte.

«Odakos! Was erzählst du da Unglaubliches?»

«Vor wenigen Augenblicken ist sie wieder erschienen, die Scheibe,» stiess er heiser hervor.

Umständlich wickelte er sie aus ihren weichen Hüllen. Die Spannung wuchs. Endlich war das Ding ausgepackt und mit zitternden Händen, aber strahlend vor Wichtigkeit, trat Odakos an der Rand des Podiums und hielt den Diskos hoch. Die Leute reckten die Hälse, um einen Blick auf das Wunderstück werfen zu können.

Manis lief es kalt den Rücken hinunter. Tatsächlich, da war sie, seine Scheibe.

Weit hinten in der Menge standen Minea und Adamas und kicherten und stiessen sich vielsagend an.

«Dank sei den Göttern, Grosses haben sie an Kreta getan! Wir werden alle zusammen die letzten Worte des heiligen Eremiten hören dürfen.»

Rot angelaufen vor Anstrengung und vor Stolz wandte sich Odakos dem Vorsteher der Schrift-Abteilung zu und hielt ihm mit einer grossen Geste den Diskos unter die Nase, ohne ihn aber loszulassen.

«Einer deiner Schriftkundigen soll sie uns allen vorlesen!»

Wer würde die Scheibe in die Hand nehmen und vorlesen dürfen?

Den Schrift-Priestern im Kreise herum fielen beinahe die Augen aus dem Kopf, so innig und einladend schauten sie den Vorsteher an. Jeder hoffte, er würde auserwählt. Jeder sah sich schon als grosser Held, sollte er mit sonorer Stimme den letzten Worten des Eremiten Leben und Klang geben dürfen.

Langsam blickte der Oberste Schreiber in die Runde, in all die begierigen Gesichter, die mit möglichst süssen und schmeichelnden Mienen versuchten, seine Aufmerksamkeit auf sich zu lenken.

Dreimal schweifte sein Blick über die Gruppe hinweg.

«Ich denke, Polianos soll uns vorlesen. Er ist das jüngste Mitglied, jetzt schon ein hervorragender Kenner, ein Fachmann, eine Koryphäe in unserem nicht zu unterschätzenden Departement für Schriften.»

Polianos konnte seine Erwählung kaum fassen und sah sich nochmals hinauf katapultiert auf der Stufenleiter. Stolz schritt er auf Odakos zu und verneigte sich vor ihm.

Noch nie hatte Odakos einen solch erhabenen Moment erlebt. Sein grösster Feind, das junge Muttersöhnchen, das ihm vor die Nase gesetzt worden war, musste ihn um die Gunst der Scheibe bitten! Odakos wurde puterrot vor Erregung. Er kostete den Moment aus und nahm sich Zeit, den Diskos Polianos zu überreichen. Nur knapp gelang diesem ein Lächeln.

«Hören wir alle aufmerksam und ehrfurchtsvoll zu, was Gurios uns als Letztes meldet.»

Polianos stellt sich an die Kante des Podiums und hochmütig schweifte sein Blick über das Volk auf dem Platz unter ihm. Auch er wusste einen bedeutsamen Augenblick auszukosten und zu geniessen. Es herrschte tiefe Stille auf dem Platz und auf dem Podium. Keiner wagte sich zu bewegen, alle hielten den Atem an.

Polianos räusperte sich bedeutungsschwer und senkte seinen Blick auf die Scheibe.

Eine lange Pause.

Polianos nahm die Scheibe nahe vor die Augen, wie wenn er nicht gut sähe. Er kniff die Augen zusammen. Nichts geschah.

Dann hielt er sie mit gestrecktem Arm weit von sich.

«Lies endlich, alle warten!» zischte ihm der am nächsten stehende Priester zu.

Polianos drehte die Scheibe langsam im Kreise, dann wendete er sie. Wieder kniff er die Augen zusammen und hustete. Und wieder nahm er sie ganz nahe vor seine Augen.

«Leg los, sag endlich was drauf steht! Oder ist es etwa nicht für unsere Ohren bestimmt?»

Odakos wurde unruhig. Bestimmt hatte Polianos schon den Ort des Schatzes gelesen und überlegte sich nun, was er davon in aller Öffentlichkeit preisgeben oder lieber verschweigen wolle.

Manis, der in den vordersten Reihen stand, sah genau, dass Polianos nicht gierig interessante Einzelheiten memorierte. Seine Augen schienen sich nicht auf die einzelnen Zeichen zu richten, sondern der Blick irrte unsicher über die ganze Scheibe, und sein Gesicht wurde blass und blasser.

Die Priester hinter ihm stiessen ihn und tuschelten.

«Komm endlich! Leg los! Lies vor, was auf dem Diskos steht!»

Doch Polianos war stumm. Er war zwar beinahe einen Kopf grösser als der Priester neben ihm, aber jetzt sank er immer tiefer in sich zusammen und verschwand sozusagen neben ihm.

Immer noch sprach er kein Wort. Es war totenstill.

Plötzlich ging ein Zucken durch Polianos, er streckte sich und richtete sich hoch auf. Ein verzückter Blick aus weit geöffneten Augen glitt irr über die Versammlung, die gebannt auf das Spektakel schaute. Mit einer weiten Geste hob er den Diskos in die Höhe. Die Spannung wuchs. Gross öffnete er seinen Mund.

Dann geschah das Entsetzliche. Er zuckte zusammen, sein Mund blieb offen, er schnappte nach Luft, er versuchte zu sprechen, er rang, doch kein Laut kam aus seiner Kehle. Der offene Mund war eine Höhle, aus der nichts Menschliches hervorkam. Er stöhnte, ächzte, schnarrte, gab tierische Laute von sich. Dann wurde er leichenfahl, sank langsam in sich zusammen und liess sich schliesslich in die Arme der am nächsten Stehenden fallen, schlaff und halb tot.

Er war von Sprachlosigkeit geschlagen, er brachte keinen menschlichen Laut mehr hervor.

«Der Arme! Helft ihm! Was ist ihm geschehen? Er hat die Sprache verloren!» klang es durcheinander.

Sie legten ihn nieder. Er regte sich nicht, schlug die Augen nicht auf, hielt den Mund starr offen. Welk, lahm und wie tot lag er da, doch seine Finger umklammerten mit eisernem Griff die Scheibe. Seltsam, dass der ganze Körper schlaff und hilflos wirkte, nur seine Hand sich um die Scheibe herum verkrampfte.

Der Vorsteher der Schreiber, ein nicht sehr mimosenhafter Mensch, sagte barsch:

«Lasst ihn in Ruhe, ein anderer soll die Scheibe vorlesen.»

Alle hielten entsetzt die Hände auf den Rücken. War die Scheibe verzaubert? Traf jeden dasselbe Unheil, der sie berührte?

Der oberste Schreiber machte kein Federlesen, packte die Scheibe und zerrte sie Polianos aus seinen verkrampften Fingern. Kein Fluch traf ihn. Kurzerhand hielt er sie dem Nächststehenden hin:

«Da, lies vor!»

Der Angesprochene schaute kurz auf die Scheibe und schüttelte den Kopf.

«Dieser Schrift bin ich nicht mächtig, edler Herr, ich bin auf Akkadisch spezialisiert.»

Wortlos reichte er sie seinem Nachbarn weiter, der sie mit spitzen Fingern entgegen nahm, einen kurzen Blick darauf warf und sie rasch weiterreichte.

«Ich habe mein Spezialleselämpchen nicht bei mir, ich kann die Zeichen nicht scharf genug sehen.»

«Mein Fach ist Ägyptisch, diese Schrift kenne ich nicht,» sagte der nächste.

«Ich bin in Entwicklung und Forschung tätig, nicht Zeichenspezialist.»

So ging es weiter. Reihum ging die Scheibe, und jeder hatte eine elegante Ausrede, warum er die Schrift nicht lesen könne.

Schliesslich wurde der König ungehalten. Er wies den Ober-Vorsteher barsch an, bis morgen das Problem zu lösen und ihm den Inhalt des Schriftstückes zu melden.

Das Fest war beendet, das Volk wurde heimgeschickt.

Der Ober-Vorsteher war entsetzt – er hatte eine Rüge vom König persönlich erhalten. Konnte denn kein einziger der Priester diese einfache Scheibe lesen? Höchste Zeit, dass er sich wieder einmal die Schreibschule und deren Lehrer genauer ansah. War da ein skandalöses Versagen im Unterricht ans Licht zu bringen? Oder wollten sie nicht?

Früh am nächsten Morgen betrat der Ober-Vorsteher das angesehene Institut für Schriften und Sprachen.

Nur ganz Intelligente fanden den Weg hierhin. Es war eine Oase der Bildung, die in Bedeutung gleich nach dem Orakelinstitut kam, dem Departement für Zeichendeuten und Zukunftsforschung, den besonders Frommen vorbehalten, die sich den Göttern am nächsten fühlten.

Das Angebot der Schreibschule war umfassend. Linear, die einfache kretische Schrift, war Schulfach auch an anderen Schulen für alle mit etwas erhöhten geistigen Ambitionen, also für alle, die es im Palast, im Handel, in der Verwaltung auf eine Stelle abgesehen hatten.

Am Institut für Sprachen und Schriften wurde auch Keilschrift unterrichtet. Keilschrift war ein besonders beliebtes Fach, denn mit einer einmaligen Anstrengung war viel gewonnen. Viele Völker im Osten des grossen Meeres benützten diese Schrift. Allerdings musste man auch einige Sprachen, etwa Elamisch oder Hethitisch, dazulernen, aber immerhin war die gemeinsame Schrift ein erster Schritt dazu.

Weniger beliebt war Ägyptisch. Die Hieroglyphen waren recht mühsam zu lernen, verglichen mit der grosszügigen Linearschrift, die man rasch und etwas ungenau schreiben konnte, ohne viel an Verständlichkeit zu verlieren.

Der Ober-Schreiber führte den Ober-Vorsteher, seinen Vorgesetzten, zitternd herum.

Das Übertragen von fremden Schriftstücken in verständliches Linear war die Grundaufgabe der Abteilung Schrift und Sprache.

Im grossen Saal gleich beim Eingang lehnten sich fünf der untersten Priester über Pergamente und entzifferten Texte aus Ugarit, die von der Handelsabteilung zum Umschreiben geschickt worden waren. In einer Ecke sass ein ergrauter Priester und versuchte, fünf fleissigen Eleven zu erklären, wie die Konsonanten und Vokale aus der sumerischen Keilschrift zu deuten seien. In einer anderen Ecke beschäftigte sich eine Schülergruppe damit, ägyptische Hieroglyphen möglichst genau und sorgfältig nachzuzeichnen.

Wo in aller Welt steckten aber all die gutbezahlten Priester der oberen Ränge?

Vom hintersten Teil des grossen Saales aus führte ein Durchgang in das Heiligtum der Heiligtümer: dort hinten waren die allergescheitesten Leute (zu denen sich sozusagen alle Priester rechneten) an der Arbeit, unter ihnen sonst auch Polianos, der an diesem Tag jedoch krank gemeldet war. Dort war das Institut der Zukunft, dort wurde geforscht. Die Schreibschule von Knossos war nämlich berühmt für ihre vorwärtsblickende Haltung.

Der Schreiblehrer in Anemospili hatte Manis im Vertrauen zugeflüstert, dass ein spezielles Team daran war, ein neues Schriftsystem zu entwickeln. Es sollte eine hocheffiziente Schrift werden, die es erlauben würde, die kretische Schrift auch auf andere Sprachen anzuwenden, vor allem auf das Griechische der Mykener. Die Nachbarn vom Festland im Norden, von Achaia, aus Mykene und Pylos und den vielen Inseln, machten sich nämlich mehr und mehr bemerkbar auf Kreta. Oft in unliebsamer Weise, zugegeben, aber man wollte doch, so lang es anging, freundschaftlich verkehren und vor allem Handelsbeziehungen, das A und O der kretischen Lebensart, aufrechterhalten. Nicht dass die Mykener etwas besonders Wertvolles zu liefern hätten, nur das Übliche an Tauschwaren. Mit Luxus-Töpferei, Schmuck und Kunstgegenständen beeindruckten sie die Kreter ganz und gar nicht, da war es umgekehrt. So fein ziselierte Goldplättchen, so geschickt verschlungene Drähtchen an Ringen und Anhängern kannten die Mykener noch nicht, wenigstens vorläufig. Natürlich war vorauszusehen, dass sie früher oder später ein billiges, plumpes Imitat auf den Markt werfen würden, aber so weit waren sie vorerst nicht.

Der neuen Schrift, an deren Entwicklung sie arbeiteten und die auf dem kretischen Linear basierte, hatten die Forscher den Arbeitstitel Linear B gegeben. Die Erfindung von Linear B lag immer noch in den Anfängen. Man musste sich zuerst über Elementares klar werden, etwa ob die Schrift von rechts nach links oder links nach rechts geschrieben werden solle. Erbitterte Diskussionen waren auch noch im Gange über die Anzahl der Zeichen, die die neue Schrift haben sollte. Gerüchte meldeten, dass in Byblos mit Hochdruck an einem einfacheren System mit nur wenigen Zeichen gearbeitet werde. Mit lächerlichen 20 – 30 Zeichen sollte das ganze Schrift-system auskommen. Etwas war sicher: In Kreta fand man, es sei durchaus nicht erwünscht, dass schliesslich alle Menschen lesen und schreiben konnten. Warum sollte das, was ehemals als hohe Kunst und als Kennzeichen von gehobener Bildung galt, nun von jedem so leicht zu lernen sein wie einen Esel führen oder eine Ziege melken? Ein wenig Elitedenken würde Kreta bestimmt nicht schaden. Weni-ger als 60 Zeichen waren nicht wünschenswert, man wollte doch in Kreta kein Schreib-Proletariat. So wie die Dinge standen, würde es sowieso noch sehr lange dauern, bis eine solche Rechtschreibereform schliesslich perfekt ausgearbeitet und von allen akzeptiert war.

Linear, ursprüngliche kretische Schrift, heute Linear A genannt im Unterschied zur griechischen Linear B-Schrift

Linear B, ab ca. 1500 v.Chr. verwendet, auch auf dem Peloponnes und den Inseln bekannt

Der Ober-Vorsteher, dicht gefolgt von Odakos, stellte sich in die Mitte der Gruppe der Forscher, die sich in erregter Diskussion be-fanden, und sagte barsch:

«Lest mir das vor!»

Odakos ging von Mann zu Mann und hielt jedem sein Kleinod vor die Nase. Aber wieder schüttelte jeder den Kopf:

«Tut mir sehr leid, das ist nicht meine Spezialität.»

Der Ober-Vorsteher wurde immer ungehaltener. Immerhin war die Scheibe des Gurios nicht von einem fernen, unbekannten Land, nicht von Indien oder gar China oder von jenseits der Säulen des Herkules nach Kreta gekommen. Vor wenigen Tagen war sie von einem normalen kretischen Einsiedler geschrieben worden, nicht mehr als eine halbe Tagesreise vom Palast entfernt. Wenn das nicht zu entziffern war, was denn sonst?

Die Wut des Ober-Vorstehers wuchs von Minute zu Minute, auf seiner Stirn traten dicke Adern hervor. In seinem Hirn baute sich ein radikaler Plan auf: Die Schreibschule sollte grundlegend restrukturiert werden. Hauptanliegen sollte sein, Texte aus fremden Ländern, die dem Handel und Verkehr dienten, rasch und sauber zu übertragen und die Antworten zu formulieren. Praktische und nützliche Fächer sollten gepflegt werden. Das Tüfteln und Erfinden von völlig nutzlosen, überflüssigen Systemen, die dann später doch kein Mensch lernen und anwenden würde, sollte vorläufig radikal eingestellt werden. Schämen musste man sich in Knossos, dass es nicht gelang, das simpelste Geschreibsel zu entziffern.

Aber es gab ja noch andere Schriftzentren auf Kreta. Da war einmal Phaistos. Doch sich vor Phaistos eine Blösse zu geben, einzugestehen, dass man Hilfe brauche in Knossos, das war doch zu viel verlangt.

Aber da war ja noch Malia, das man zur Entzifferung der Scheibe anfragen konnte. Am Palast von Malia waren die Leute, wie er bei verschiedenen Gelegenheiten hatte feststellen können, dem Nützlichen und Brauchbaren zugetan. In Malia war die Schreibschule klein und überschaubar und nicht wie in Knossos mit lauter Fachidioten bestückt. Dort würde eine solche Lappalie bestimmt in wenigen Minuten erledigt sein.

So beschloss der Ober-Vorsteher, die Scheibe nach Malia zu bringen.

17

Manis hatte aus nächster Nähe die Blamage des Polianos mitbekommen und den Zorn des höchsten Ministers gesehen.

Beinahe wäre er nach vorne gerannt und hätte gerufen:

«Her die Scheibe, ich kann sie lesen!»

Doch das war unmöglich, niemand hätte ihm geglaubt, man hätte ihn als Verrückten abgeführt. Und zudem wäre er nicht gewillt gewesen, den Inhalt, der für ihn allein bestimmt war, dem ganzen Volke preiszugeben.

Am nächsten Morgen zog es ihn wieder in die Nähe des Palastes. Wenigstens wusste er jetzt genau, wo der Diskos war. Er ärgerte sich über sich selber. Er hätte doch eingreifen sollen. Warum hatte er denn nichts riskiert? Er wäre bestimmt irgendwie über die Runden gekommen.

Die Sonne war schon vor einiger Zeit aufgegangen über den Bergen im Osten, doch es war noch angenehm kühl auf dem trockenen staubigen Platz vor dem Palast. Links und rechts des Tores gegen das Meer hin waren je zwei Wachen in grellroten Tüchern stationiert. Sie sassen am Boden, mit dem Rücken an die Wand gelehnt, und schauten dem Treiben auf dem Platz schläfrig zu. Einige Händler hatten schon ihre Wagen hingestellt und bauten ihre bunten Früchte und Gemüse auf zum Verkauf. Die ersten Hausfrauen kamen, schlenderten um die Stände und verglichen Preise.

Manis setzte sich unter einen Feigenbaum. Er behielt das Tor im Auge und wartete; worauf, wusste er nicht so genau.

Irgend etwas müsste ihm doch einfallen, hoffte er, wie er an den Diskos herankommen könnte.

Er musste nicht allzu lange warten. Plötzlich kam Bewegung in die Wachen vor dem Tor. Sie stellten sich stramm hin und salutierten. Ein Herold schritt aus dem Tor, es folgten acht jüngere Priester, und darauf erschien eine Sänfte, diesmal von vier Trägern getragen. Manis erkannte sie sogleich, es war die bekannte Sänfte mit Odakos drin. Etwa zehn Schreiber und Verwalter folgten, dann über dreissig Bedienstete, Köche, Ersatzträger, Ruderer, dazu etwa zehn Maulesel, schwer beladen mit Kisten und Töpfen und Amphoren und Ballen.

«Platz gemacht, wir sind in Eile!» schrie der Herold an der Spitze in die Menge, die sich widerwillig auf einige Stockhiebe hin teilte und einen Durchgang frei liess. Wenn eine Sänfte aus dem Palast kam, verloren alle Regeln über Vortrittsrecht ihre Gültigkeit. Die normalen Bürger mussten sich links und rechts an den Strassenrand drängen, die Händler ihre Handelswagen auf die Seite zerren. Eine private Sänfte, die zufällig zur gleichen Zeit vorbeigetragen wurde, zwar prächtiger, noch platzversperrender als diejenige aus dem Palast, musste sich in eine Seitengasse verziehen.

Die jüngeren Zuschauer schlossen sich dem Zug mit Jubel an und freuten sich über einen Zeitvertreib.

Manis schaute sich die Gesellschaft an. Da erblickte er in der hintersten Gruppe der Ersatzleute den blauen Sänftenträger des Odakos. Rasch mischte sich Manis unter die Jungen, die den Zug mit Jubeln und Schreien begleiteten, und bald marschierte er neben dem Blauen her.

«Was ist los? Wohin geht der Zug?»

Schnell flüsterte der Angesprochene ihm zu:

«Hast du's nicht mitbekommen? Polianos sollte die Scheibe des Gurios vorlesen vor allen Priestern und wurde dabei von Stummheit geschlagen.»

Er stiess Manis verschwörerisch in die Seite:

«Wenn du meine Meinung wissen willst – Polianos hat grossartig Theater gespielt, um nicht zugeben zu müssen, dass er, der grosse Schriftkenner am Palast, den Diskos nicht lesen kann. Der und stumm!»

«Und was ist mit Odakos?»

«Ach der! Der sitzt in der Sänfte und hält seinen geheimnisvollen Diskos krampfhaft in den Händen und lässt keinen Menschen dran heran. Der spielt sich auf, wie wenn er der Wundertäter für ganz Kreta wäre. Er wurde nämlich nur ganz oberflächlich verwundet, doch er blutete heftig; es muss schlimm ausgesehen haben. Aber er ist wieder hergestellt und darf nun den Diskos nach Malia tragen.»

«Odakos fährt mit dem Disk auf einem Schiff weg, nach Malia?»

«Sie hoffen, in Malia einen besseren Schriftgelehrten zu finden. Ist ja zum Lachen – ein üppig genährter, arroganter Club von Schreibern am Palast von Knossos, die meinen, sie hätten die Weisheit mit Löffeln gefressen – und keiner kann anständig lesen. Jetzt müssen sie Malia um Hilfe bitten! Peinliche Angelegenheit.»

Nur kurz überlegte sich Manis, ob er doch einen anderen Beruf erlernen sollte als den eines Schreibers.

«Wir gehen nach Amnissos auf ein Schiff.»

Manis schmunzelte. Nur er wusste schon im Voraus, dass auch dort ein Debakel zu erwarten war.

«Alle hoffen nun auf den berühmten Schriftprofessor in Malia.

Der soll bodenständig sein, ein gebildeter, nicht ein eingebildeter Spezialist wie die hier alle in Knossos. Allerdings ist der schon uralt, und ob er die kleinen Zeichen noch genau sehen kann, ist eine andere Frage.»

Augen hin oder her, die dort würden sich genau so wundern, was darauf stand, wie Polianos. Elegant hatte der sich aus der Verantwortung gezogen!

So viel Aufwand, wenn er, Manis, doch alles in kurzer Zeit lösen und erklären könnte.

Doch wenn er wirklich Glauben fände und der Fall einträte, dass er die Scheibe in den Händen hielte – was würde er vorlesen? Bestimmt nicht vor dem ganzen Volk die Botschaft ausposaunen, die ausdrücklich nur für ihn allein bestimmt war!

Er musste die Scheibe zurückerhalten, doch sie dann im Stillen lesen.

Er schaute sich am Hafen um. Eben luden die Sänftenträger den Odakos auf ein wunderschönes grosses Schiff, eines der luxuriösen Privatschiffe des Palastes, die Labryda. Die Schreiber stiegen auch ein, und einige Diener folgten in gebührendem Abstand und luden von den Lasttieren zahllose unförmige Körbe und Säcke, die für die Schiffsreise unumgänglich waren. Hin und her hasteten sie, und der Schiffsbauch schluckte alle Gepäckstücke. Was für ein Aufwand!

Während das grosse Prachtschiff bereitgemacht wurde, stiess schon ein kleines Schnellboot ab, bemannt mit zwölf vorzüglichen Ruderern, um in Malia die Ankunft des Odakos und seines geheimnisvollen Schatzes zu melden, damit die entsprechenden Vorbereitungen getroffen werden konnten.

Der Sänftenträger neben Mani's, der nun doch nicht gebraucht wurde, deutete auf ein Mädchen, das sich durch die Menge einen Weg bahnte und dem alle mit bewundernden Blicken folgten. Sie stieg als allerletzte ein, lehnte sich ans Geländer und blickte in die Menge. Als sie Manis neben dem Sänftenträger erspähte, winkte sie den beiden fröhlich zu. Ein Mädchen auf dem Schiff, jung, grazil, mit langem schwarzem Haar, das im Winde wehte? Wie kam dieses entzückende Geschöpf dazu, ihnen zu winken? Sie kannte wohl den Sänftenträger.

«Das ist Lelio.»

Manis verschluckte sich beinahe. Lelio? Die ihm jeweils die Leckerbissen zugesteckt hatte? Er hatte sich ein runzeliges altes Weibchen vorgestellt.

«Kennst du Lelio nicht? Alle kennen sie. Sie ist eine junge Elevin am Tempel, Abteilung Pflanzen und Heilkräuter, Ernährungskunde für heikle Mägen wie den des Odakos. Du kannst dir ja vorstellen, dass die Leute, die sich Odakos angeschlossen haben, froh sind, dass Odakos unbedingt Lelio als Köchin haben wollte, denn sie kocht auch ganz allgemein vorzüglich.»

Jetzt erst begriff Manis und begann ebenfalls heftig zu winken.

Und schon lösten sich die Seile. Die Strandknechte schoben das Schiff langsam über die Bretter ins Wasser, und stolz segelte es davon – zusammen mit seinem Diskos, und mit Lelio. Hätte er ihr doch noch danke sagen können!

Entgeistert schaute Manis dem Schiff nach.

Der Sänftenträger war in der Menge verschwunden, die Leute verliefen sich. Manis setzte sich auf einen Stoffballen und sinnierte vor sich hin.

Warum hatte er nicht irgendwie eingegriffen? Warum hatte er es zugelassen, dass sein Diskos, ja wahrhaftig sein Diskos, davonsegelte? Warum hatte er sich wieder nicht gewehrt? Schon wieder nicht?

Doch er blieb nicht lange sitzen. Er gab sich einen Ruck. War er nicht der Sohn, wohl der einzige überlebende, des Oberpriesters von Anemospili? Sollte er schlapp machen, sobald etwas nicht genau nach Plan lief? Immerhin war er als einziger beim Erdbeben ausgerissen und hatte sich selber gerettet. Ganz vergebens hatten die Götter ihm das Leben wohl nicht geschenkt. Vielleicht hatten sie Grosses mit ihm vor?

Also auf, irgend etwas unternehmen! Er riss sich zusammen, schüttelte sich und schritt zügig los. Auf nach Malia – wohin denn sonst? Er musste die Scheibe, die ihm allein gehörte, zurückholen, geschehe was wolle, und dazu musste er in der Nähe bleiben. Nein, in Malia würde sie ihm nicht entgehen, dazu war er wild entschlossen.

Man musste mit einigen Stunden flotten Fussmarsches rechnen, um von Knossos nach Malia zu kommen. Das Schiff würde frühestens am nächsten Morgen dort ankommen, also musste er durch die

Nacht hindurch gehen. Das war ihm gerade recht, da es merklich kühler war. Er traf eine kleinere Karawane mit Maultieren, die auch nach Malia unterwegs war und auch gerne in der Nacht reiste, dort schloss er sich an.

Am Strand von Malia sammelten sich immer mehr neugierige Gaffer. Es war durchgesickert, dass ein prächtiges Schiff aus Knossos mit einem äusserst kostbaren Gegenstand zu erwarten war. Manis stand in vorderster Reihe am Ufer.

Die Wellen waren bedenklich wild, es würde eine Weile brauchen, bis das grosse Boot auftauchte.

Endlich kam das Schiff daher. Wie betrunken schaukelte es auf den Wellen. Die seegewandteren unter den Zuschauern grinsten hämisch in freudiger Erwartung eines Debakels. Die Labryda war offensichtlich nicht für schweren Seegang gebaut worden. Das Hauptaugenmerk war auf majestätisches Aussehen, also auf goldene Dekorationen, auf geschnitzte und gemalte Verzierungen gelegt worden. Die Seetüchtigkeit war dabei etwas ins Hintertreffen geraten. Für die seichten Küstengewässer vor Amnissos genügte das vollständig. Das Schiff wurde ja auch hauptsächlich, ja bis dahin ausschliesslich, gebraucht, um vor der Küste von Knossos zu kreuzen, wenn ein fremder hoher Gast erwartet wurde. Das Gastschiff konnte dann elegant an den Strand eskortiert werden, gleichzeitig wurde auf dezente Weise auf die Überlegenheit und den Reichtum Kretas hingewiesen. Um ehrlich zu sein, hatte sich das Prunkschiff noch nie weiter vom Ufer entfernt als etwa zwei Steinwürfe.

Nun hatte man es ohne viel zu überlegen auf die erste längere Fahrt geschickt, und es war eigentlich erstaunlich, dass das Schiff ohne ernsthafte Probleme immerhin so weit gekommen war.

Die Landung verlief nicht planmässig. Die sich stossende und drängende Menge am Ufer kam voll auf ihre Rechnung. So etwas war nicht allzu oft zu erleben. Irgend etwas Spannendes oder Dramatisches hatten sie erwartet, aber nicht unbedingt das.

Zuvorderst im Bug stand ein fetter, kleiner Mann, in weiten wallenden Roben, den Kopf in dicke Bandagen gebunden. Er hielt sich so stolz und aufrecht wie möglich zuvorderst im Bug und streckte triumphierend etwas in die Luft.

«Der Arme, er wurde brutal geschlagen, er setzte sein Leben ein für den unschätzbaren Diskos.»

Ein unvorhergesehener Windstoss und ein nicht allzu geschicktes Manöver des Kapitäns – und schon lag das Schiff auf einer Seite im seichten Wasser.

Odakos rutschte wild gestikulierend und kreischend vom Boot in die Wellen. Den Gegenstand in der Hand, einen rot ausgeschlagenen Korb mit einem weissen Paket darin, hielt er in die Höhe und war verzweifelt bemüht, ihn nicht nass werden zu lassen.

Die Hafenwächter, die vorsorglich am Ufer bereitstanden, stürzten sich, wie es ihre Aufgabe war, gleich ins Wasser und zogen an Land, was zu retten war. Zuerst natürlich Odakos, der schrie und wild um sich schlug. Fünf Wächter waren vonnöten, um ihn aus dem knietiefen Wasser an Land zu ziehen. Gleich eilten Diener herbei, die mit trockenen Kleidern und Hüllen und Tüchern den nassen, hustenden und Wasser speienden Odakos umringten und von der Menge abschirmten.

Es ging nicht allzu lange, und er stand trocken, strahlend, in neuem Glanz vor ihnen, immer noch triumphierend seinen Korb in die Höhe haltend.

Die weniger hohen und weniger wichtigen Personen wateten selber durch das seichte Wasser und erreichten schliesslich auch den Strand. Die warme Sonne trocknete sie rasch. Der Auftritt konnte stattfinden.

Odakos schritt stolz einher mit seinem rotsamtenen Korb, in welchem der Diskos lag. Die Sänfte, die auf ihn wartete, lehnte er mit einer herablassenden Geste ab. Das hätte seinem Auftritt in Malia einen Zacken von der Herrlichkeit genommen, entschied er. Er wollte doch den Diskos allen zeigen und hielt ihn dazu hoch in die Luft.

Die Zuschauer vergassen zu atmen vor Erregung. Auf dieser kleinen, unscheinbaren Scheibe sollte ein grosses Geheimnis festgehalten sein, hatten sie munkeln hören, und nur noch wenige Augenblicke trennten sie von dem Privileg, dabei zu sein, wenn einer von ihnen, ein bekannter Schriftgelehrter, den Text vorlesen und ihnen als ersten verkünden würde, was der weise Eremit überliefern wollte. Den alten Gelehrten hatten sie zwar selten gesehen, genau genommen nie mehr in den letzten zehn Jahren, was seinen Ruf als Weisen von Malia nicht schmälerte, ganz im Gegenteil.

Jetzt zeigte sich wieder einmal, dass Malia, das wenig beachtete Malia mit seinem kleinen Palast, eben doch dem grossen Knossos mindestens ebenbürtig war. Dort wurden so weltliche Dinge wie Geld und Getreide und Sklaven verschoben und aufgerechnet, doch Malia war sozusagen, wenigstens aus seiner eigenen Sicht, die Universität, das Zentrum, wo das Wesentliche – der Geist, die Schrift – gepflegt wurde.

Manis stand zuvorderst in der Menge, gleich hinter einer Reihe von malerisch herausgeputzten Wächtern. Sie wirkten bewaffnet, aber bei näherem Hinschauen bemerkte Manis, dass ihre dünnen Speere eher zur Dekoration als zu echtem Kampf dienten.

Manis spürte ein Reissen und Kribbeln in seinen Armen, das Blut stieg ihm in die Wangen, er wurde beinahe schwindlig vor Begierde. Dort, dort war die Scheibe, die ihm gehörte, sie näherte sich. Sie war schon so nahe, doch nicht nahe genug, dass er die Zeichen hätte erkennen können. Es war zum Verzweifeln.

So schritt Odakos unbehelligt auf den grossen Platz vor dem Palast von Malia zu, in welchem ein Meister der Schriftkunst hauste.

Aus dem Tor des Palastes kam ein seltsamer Zug: Zwei Diener schritten voran, ihnen folgten vier Träger, die einen Sessel an Stangen trugen, eine Art offener Sänfte. Auf dem Sessel sass oder besser hing ein winziger Greis mit einem Kopf, der aussah wie ein schrumpeliger Apfel. Kaum konnte er ihn aufrecht halten, er hing ihm wie verwelkt auf die Brust.

Odakos war nur noch ungefähr zwanzig Schritte von ihm entfernt und schritt so erhaben wie möglich auf ihn zu, indem er den Diskos siegesgewiss vor sich hin hielt. Da baumelte der Greis noch schiefer im Stuhl, sank langsam auf die Seite, verdrehte die Augen und fiel schliesslich vom Stuhl herunter, gerade den vorderen Trägern zwischen die Beine.

Ein Schrei des Entsetzens ging durch die Menge.

«Haltet ihn, er ist gefallen! Der Arme!»

Die Träger wären beinahe über das Häufchen Mensch gestolpert, das zwischen ihren Füssen lag, und wichen entsetzt zur Seite.

Der Ober-Schreibmeister war tot. Vor Erregung vielleicht, im

Anblick des berühmten Diskos, vor Erschütterung, oder einfach so – er war tot.

Die ganze Schiffsreise, der ganze Aufwand war umsonst, sinnlos verpufft.

Manis sah, wie Odakos den Arm mit dem Diskos sinken liess und konsterniert auf die Leiche starrte. Jetzt war er nur noch fünf Schritte vom Diskos entfernt. Das war zuviel. Diese einmalige Chance konnte er sich nicht entgehen lassen, diesmal nicht.

Er stürzte sich durch die lockere Reihe der Wächter auf Odakos zu, der in sich zusammengesunken und entgeistert vor der Leiche stand, riss ihm den Diskos aus der Hand, drehte sich blitzschnell um, duckte sich unter den Wächtern durch und sauste zurück in die Menge.

Aber er kam nicht weit mit seiner Beute. Einer der steif dastehenden Speerträger packte ihn, hielt ihn fest, und zwei weitere kämpften, ihm den Diskos zu entwinden.

Manis schrie auf, wehrte sich, wand sich, schlug um sich, biss und spie wie ein Besessener und versuchte, sich aus dem harten Zugriff der Wächter zu befreien. Dem einen war es gelungen, den Diskos aus seiner zusammengeballten Hand zu lösen. Nun wehrte Manis sich mit beiden Händen um so verbissener gegen die harten Griffe. Der Diskos war weg, der war verloren, es blieb ihm nur noch, sich selber zu befreien und aus dem Staub zu machen. Doch das wurde immer schwieriger, da sich nun auch noch die anderen Speerträger einmischten. Schon sah er sich wieder in einem Kerker sitzen. Die mitleidigen Zuschauer kreischten, teils vor Schreck, teils vor Freude am ungleichen Ringkampf; die sportlicheren feuerten die Kämpfenden an.

Da trat ein grosser schlanker Mann aus der Menge, hielt seine Hand mit einem auffälligen Siegelring in die Höhe und rief mit sonorer, alles übertönender Stimme:

«Haltet ein!»

Die Menge verstummte, gespannt schauten alle auf den Ring.

«Lasst ihn los, er ist irr und vergisst sich. Dieser Ring aus Phaistos hat die Kraft, ihn zu beruhigen. Überlasst ihn mir!»

Mit einem winzigen Augenzwinkern hielt er den Ring über Manis und sprach laut, damit es alle hören konnten:

«Sei ruhig, der Geist der Wildheit fahre aus dir hinaus!»

«Adamas!» stiess Manis aus, wurde ganz schlaff und zahm und liess sich von Adamas widerstandslos wegführen.

Kaum waren sie den Blicken der Menge entschwunden, setzten sich die Brüder auf eine Mauer und hatten endlich Musse, sich zu begrüssen.

«Bist du's wirklich, Adamas? Viele Jahre haben wir uns nicht gesehen.»

«Du bist immer noch der gleiche. Ich habe dich sofort erkannt»

«Sag mal, ist das wirklich ein heilkräftiger Ring, den du da trägst?»

«Ach bewahre, das ist ein ganz gewöhnlicher Ring, ein Familienstück, das mir die Familie von Minea geschenkt hat, zur Hochzeit, damit ich ihn dem ersten Nachkommen weitergeben soll. Aber du kennst Minea, meine Frau, ja noch gar nicht.»

Minea, die eben in eine Pflaume aus einem Garten biss, kam herbei.

«Dies ist Minea, meine Frau. Nimm dich in acht vor ihr, sie durchschaut alle und alles,» lachte Adamas. «Minea, ich habe meinen jüngsten Bruder, Manis, wieder gefunden! Ist er nicht gross geworden in den letzten vier Jahren?»

«Wie soll ich das wissen, ich kenne ihn nur in dieser Grösse,» antwortete das Mädchen, «aber du gefällst mir, Manis, gross oder klein, denn du gleichst Adamas wie er vor vier Jahren ausgesehen hat. Unterdessen ist er ein Greis geworden.»

«Was tut ihr zwei denn jetzt in Kreta?»

«Ich habe Minea auf Kalliste gemalt, dann, nach dem Vulkanausbruch, war ich in Naxos, dann kurz zurück in Kreta, dann habe ich sie in Pylos wiedergefunden und dort gleich geheiratet. Dann waren wir zusammen noch in Melos, und nochmals in Naxos und jetzt wollte ich ihr endlich Kreta zeigen.»

Manis schwirrte der Kopf vor lauter Geographie.

«Das musst du mir nochmals genau und langsam erklären, aber jetzt sag zuerst, was du in Kreta suchst?»

«Dich suche ich, und jeden, der noch lebt.»

«Da wirst du nicht weit suchen müssen. Oben im Tempel ist nichts mehr zu finden, kein Haus, kein Dach, kein Heiligtum, keine Menschen. Ich habe dort oben noch mit einem Einsiedler gehaust, aber jetzt ist er tot, und meine Tonscheibe ist weg, und ich muss sie unbedingt zurückhaben. Eben ist sie mit dem Schiff nach Malia gekommen, aber ich habe sie nicht erwischt, wie ihr selber gesehen habt.»

«Langsam, nicht so rasch,» lachte Minea, «da haben wir noch nicht alles mitbekommen. Du sagst, die Tonscheibe gehöre dir?»

Sie setzen sich in den Schatten eines Olivenbaums und betrachteten einander nochmals eingehend.

«Also erzähl langsam, was ist denn los mit dieser vermaledeiten Scheibe? Und warum hast du dich so närrisch aufgeführt, dass ich dich retten musste?»

«Ich habe ganz vergessen, dir zu danken,» sagte Manis, «aber ihr wisst ja wohl noch gar nicht, warum ich die Scheibe unbedingt haben wollte.»

Manis erzählte nun der Reihe nach vom Erdbeben, von Gurios, von der Einsiedelei, von Odakos, und vor allem von der Scheibe mit der persönlichen Schrift. Und zum Beweis zog er gleich die kleinen Stempelchen von zuunterst aus seiner Tasche hervor und präsentierte sie stolz.

Adamas griff sich an den Kopf.

«Die Scheibe hatten wir in der Hand – und wir haben sie im Palast abgegeben!»

Es lohnte sich nicht, sich zu ärgern. Was geschehen war, war geschehen.

Die Stempelchen setzten Adamas in Erstaunen. So etwas hatte er noch nie gesehen, und doch hatte er an der Kunstschule in Knossos eine vorzügliche Bildung genossen in Sachen Schreiben und Lesen. Er konnte sich nicht vorstellen, woher die Dinger kamen, was sie bedeuteten, wer sie wohl wozu gebraucht hatte.

Minea hatte ihre eigene Meinung zu den Stempeln.

«Wenn Manis doch Botschaften schreiben kann damit, dann hat sie wohl jemand zu diesem Zweck hergestellt. Jeder Stempel ist ein eigenes Wort, oder vielleicht auch weniger, und es braucht nur etwas Köpfchen, es braucht eben Manis, meinen neuen Schwager, um etwas damit anzufangen. Versteht sich, dass die anderen da nicht mehr mitkommen!»

18

Im Palast von Malia wurden für den toten Professor die gebührenden Trauerrituale durchgeführt, doch war der Schmerz insofern erträglich, als das Trauermahl für den ach so rasch Verblichenen gleichzeitig auch als Ehrenmahl für den Gast Odakos diente. Immerhin war er der Träger einer geheimen Botschaft, die vielleicht von epochaler Wichtigkeit für die ganze Insel Kreta war, und somit der Mittelpunkt der gedämpften Festlichkeiten.

Was die Entzifferung anbetraf, war in Malia nichts mehr auszurichten. Es mussten weitere Schrift-Experten gefunden werden. Aber wo?

Die nächsten Kenner, die man hätte fragen können, waren die Professoren von Phaistos, doch die Priester aus Knossos, die den Zug begleiteten, rieten vehement davon ab, den Diskos nach Phaistos zu bringen. Es wäre doch zu beschämend für die Schreibschule von Knossos, ihren schärfsten Konkurrenten den Triumph zu überlassen. Den Wettstreit, welches die bessere Schule sei, wollten die Schreiber aus Knossos nicht so rasch zu ihren Ungunsten entscheiden.

Nach längeren Beratungen und Sitzungen entschied man sich, Ausrufer im Lande herum zu senden. Jeder, der irgend etwas Konstruktives zur Lösung des Rätsels beitragen könnte, solle sich nach Malia begeben, und ein Goldstückchen für einen nützlichen Tipp würde ihm sicher sein.

Die drei folgenden Wochen in Malia brachten für Odakos ein Wechselbad von Hoffnungen und herben Enttäuschungen. Scharen von Anwärtern strömten herbei und machten sich anheischig, den Diskos zu entziffern.

Da kam eine bunte Reihe gewöhnlicher Schulabgänger, die im Fach Schreiben besonders brilliert hatten. Odakos gab ihnen die Scheibe nicht in die Hand, die Hände fest auf dem Rücken verschränkt durften die Anwärter die Scheibe betrachten. Doch mussten sie allesamt nach einem kürzeren oder längeren Blick auf den Diskos ihre Niederlage eingestehen. Ein Jüngling aus Gournia schleppte seine blinde Grossmutter nach Malia, welche mit delikatestem Fingerspitzengefühl Unglaubliches erfühlen könne. Auch sie war – leider – ein Versager vor dem Diskos. Es kamen auch Männer und Frauen, deren

Stärken eher Richtung Zaubern oder Hellsehen lagen. Beim Anblick des Diskos gerieten sie in Verzückung, oder in Trance, oder in einen Rausch. Nur mit grösster Überwindung und mit allen Vorsichtsmassnahmen gestattete es Odakos einigen Auserwählten, die mehr oder weniger seriös wirkten, den Diskos zu berühren. Einer legte ihn sich eine Stunde lang auf die kalte Stirne, ein anderer stand auf den Kopf und balancierte ihn dazu auf seinen nackten Füssen, und ein dritter hielt ihn drei Stunden lang zwischen den gefalteten Händen fest, während er auf einer hohen Säule kniete.

Einer um der andere zottelten sie wieder aus Malia davon, alle mussten sich geschlagen geben und eingestehen, dass das Rätsel doch nicht so einfach zu lösen sei, wie sie es sich vorgestellt hatten.

Als Odakos schon die Hoffnung aufgegeben hatte, auf diese Weise zu einer Lösung zu kommen, wurde noch ein Anwärter gemeldet. Er war besonders gross, sein Gesicht war weiss gepudert, und nur an einigen Stellen sah man, dass seine Haut von Natur aus eher gelblich war. Als er sich vor Odakos hinpflanzte, hatte dieser eine winzige Sekunde lang das Gefühl, er habe diesen Menschen schon einmal gesehen, aber wo und wann vermochte er sich nicht zu erinnern. Dass der Gelbe den Mut hatte, sich vor Odakos hinzustellen, bestätigte, dass Odakos nie Notiz genommen hatte von den Trägern, die seine Sänfte in jede gewünschte Gegend schleppten. Es hätten Zwerge oder zweiköpfige Ungeheuer sein können, er hätte sie nie beachtet. Das war unterhalb dessen, was er als seiner Stellung würdig erachtete.

«Was weisst du von der Scheibe, das mir nützen könnte?»

«Ich weiss zwei Dinge, also kommen mir zwei Goldstücke zu!»

«Unverschämter! Sprich zuerst, sonst gibt es statt Gold Stockschläge.»

«Gut, wenn du es nicht hören willst, kann ich ja wieder gehen.»

«Nur nicht so stürmisch, ein Spass von Zeit zu Zeit ist wohl noch erlaubt. Also schiess endlich los.»

«Erst das Gold, dann die Nachricht.»

Odakos klaubte mühsam ein Goldstückchen von zuunterst hervor und reichte es dem Grossen widerwillig.

«Meine erste Meldung betrifft das, was ungefähr auf der Scheibe steht, meine zweite, wer die Scheibe lesen kann. Welche von beiden willst du hören?»

«Beide, du Hirn!»

«Zwei Nachrichten – zwei Goldstücke.»

Und schnaufend und ächzend zog Odakos noch ein zweites Stück hervor.

«Die Erpressung, der man ausgesetzt wird, ist schlimmer als am Obersten Gerichtshof!»

Der Hüne versorgte das Gold umständlich, und Odakos wurde beinahe ebenso gelb vor Ärger und Ungeduld wie das Gegenüber unter seiner Puderschicht.

«Kommt's endlich? Also was steht darauf?»

«Es steht drauf, wo der Tempelschatz verborgen ist.»

Gierig neigte sich Odakos nach vorne und kam dem Gelben gefährlich nah.

«Wo ist das, sag's rasch!»

«Habe ich gesagt, ich wisse es? Ich habe nur gesagt, was darauf steht.»

«Und das zweite, wer kann den Disk lesen? Das wird wohl auch ein fauler Trick sein und mein Goldstück ebenso durch List mir abgerungen. Du wirst mir wohl erzählen, ein alter toter Priester?»

«Wenn du es nicht hören willst, kann ich ja gehen.» Und schon wandte er sich ab.

«Komm zurück, sag's endlich und sei doch etwas freundlicher.»

Der Gelbe räusperte sich umständlich.

«Es ist der Junge, den man eingesperrt hat, als du in deinem Kontor umfielst und deinen Kopf blutig schlugst. Er war eben daran, dir von der Scheibe zu erzählen, da sie nämlich ihm, ihm allein gehört. Der alte Gurios hat sie in seiner Höhle hergestellt allein für seinen Diener, den Jungen. Er ist der einzige, der sie überhaupt verstehen kann.»

«Schaff ihn sogleich herbei, ich muss ihn sprechen! Wenn du ihn lebendig bringst, gehört dir ein weiteres Goldstück – obwohl es bald mein letztes ist und du mich zum armengenössigen Greis machen willst. Warum hat denn der Tölpel nichts gesagt?»

«Selbst wenn ich ihn fände, ich bin nicht so sicher, ob er dir die Wahrheit vorlesen würde auf Anhieb – man hat ihn doch gar schäbig behandelt im Palast.»

Wie Odakos es anstellen sollte, den Jungen, der den Diskos lesen konnte, zu finden, war ihm völlig schleierhaft, hatte er ihn doch nie genau angeschaut und wusste er nicht einmal seinen Namen. Wie ärgerlich! Gewiss hatte er einige Male gehört, wie Gurios nach seinem Diener rief, aber er hatte sich den Namen nicht gemerkt und ihn nie eines Blickes gewürdigt.

Wie sollte er denn einen Jungen finden, dessen Namen er nicht kannte und von dem er nicht wusste, wie er aussah?

Die zwei Goldstücke waren verloren, für die Katze ausgegeben, verschwendet, seine Suche kürzte sich nicht wundertätig ab.

Man war der Lösung keinen Schritt näher gekommen. Es musste etwas anderes geschehen. Man wollte es doch wieder mit Spezialisten und Gelehrten versuchen, fand Odakos nach der Reihe der Scharlatane, die ihm bloss Ärger und Enttäuschung gebracht hatten.

Der nächste, der sich für dieses Problem anbot, war der eminent gebildete und hochangesehene Schreiber in Zakros, von dem man vor wenigen Jahren noch Gutes gehört hatte. Seither war allerdings nichts mehr durchgedrungen. In Zakros gab es keine Schreibschule mit weitergeholten Spezialitäten – die wurden alle in Knossos und Phaistos vereint – dort schien, nach den letzten Meldungen, die zwar schon einige Jahre zurücklagen, ein einzelner tüchtiger praktisch geschulter Schreiber am Werk. Ob geeigneter Nachwuchs vorhanden war, war unbekannt.

Dass Odakos mit dem Diskos und dem ganzen Tross nach Zakros reisen musste, war beschlossene Sache.

Dass Manis auch nach Zakros reisen musste, war ebenso rasch beschlossen.

Und dass Adamas und Minea ihn nicht im Stich lassen wollten, ebenfalls.

Adamas fand zudem, es sei genau das, was sie beide eigentlich im Sinn hatten: er wollte Minea einen weiteren eindrücklichen Teil von Kreta zeigen und vielleicht das Dorf seiner Mutter aufsuchen. Der Ritt nach Zakros führte über Berge und an Klippen vorbei, die man sonst selten zu sehen bekam. Anemospili zu besuchen, die zerstörte Heimat, eilte wahrhaftig nicht.

Zuerst mussten sie Manis so gut wie möglich verwandeln, damit er nicht gleich erkannt würde als der, der Odakos den Diskos aus den Händen gerissen hatte vor aller Augen.

Eine Frau, die Schicksale aus der Hand lesen konnte und auch sonst mit Zauberkünsten vertraut war, half ihnen, die blonden Locken von Manis braun zu färben und zu bändigen, was ihn schon recht unkenntlich machte, doch um sicher zu sein, zeichnete sie ihm noch einige Linien ins Gesicht, die ihn völlig verwandelten. Adamas und Minea selber ertappten sich immer wieder, wie sie nach ihm Ausschau hielten, auch wenn er gerade neben ihnen stand.

Unterdessen wurde das Schiff wieder hergerichtet für den Transport des Trosses nach Kato Zakros. Die Reise war viel länger als von Amnissos nach Malia und führte erst noch um ein gefährliches Kap herum. Es war mit einigen Tagen Fahrt zu rechnen, daher mussten die Vorräte erneuert und ergänzt werden. Lelio als Köchin hatte für die Bestände zu sorgen.

Manis schlich einige Male im Dunkeln um die Labryda herum, um vielleicht Lelio zu erspähen. Aber er hatte kein Glück. Entweder war sie in der Schiffsküche beschäftigt, oder aber einmal, da sie sich gerade auf Einkaufstour auf das Festland begab, war sie wohlbehütet und begleitet von zwei starken Seeleuten. Es war unmöglich, in ihre Nähe zu kommen.

Odakos war mit einem Leiden im Innern, im Gedärme, geschlagen, und der Arzt hatte ihm dringend befohlen, täglich frische Ziegenmilch zu trinken. Es war also nichts anderes übriggeblieben, als eine lebendige, milchreiche Ziege auf der Labryda mitzuführen, und dazu einen Betreuer, einen Ziegenpfleger. Als nun das Schiff friedlich von Amnissos nach Malia unterwegs war, wurde es dem angeheuerten Ziegenpfleger, einem jungen Burschen von vierzehn Jahren, so sterbensübel, sogar auf relativ ruhiger See, dass er sich, sobald er an Land kam, aus dem Staub machte und nicht mehr gesehen wurde. Die Ziege überliess er ihrem Schicksal.

«Eine Ziege muss mit, egal, wie ihr es anstellt,» schrie Odakos, als er vom Missgeschick hörte. Sein Darm fing schon zu rumoren an beim blossen Erwähnen, dass die Ziege zurückgelassen werden könnte.

«Wir werden schon einen finden, der das Amt übernimmt,» versprach Lelio, als sie die Wut des Odakos sah.

Es musste also ein Ersatz-Ziegenpfleger gefunden werden, und just in dem Moment, da das grosse Lamento losging, kam Manis daher, hörte die Geschichte und anerbot sich flink, den Ziegenpfleger-Job für den zweiten Teil der Reise zu übernehmen.

So kam es, dass er endlich Lelio gegenüberstand. Und endlich erfuhr er, was das quirlige Mädchen dazu bewegt hatte, ihm geheimnisvolle Zeichen zu geben durch den Pförtner.

Sie hatte vor wenigen Jahren ihre Ausbildung zur Tempel-Köchin in Anemospili begonnen und hatte jeweils Manis und die anderen Kinder von ferne gesehen. Manis hatte ihr besonders gut gefallen. Als es mit dem Erdbeben losging, war sie noch rascher als Manis davongerannt, den Abhang hinunter, hatte nicht mehr zurückgeblickt und so ihr Leben gerettet. Bald hatte sie dank ihrer Fähigkeiten und ihres frohen Wesens im Palast von Knossos ihre Ausbildung als Ernährungs-Fachfrau fortsetzen können. Ihr energisches Wesen gefiel allen auf Anhieb. Sie wusste, was anpacken hiess und machte mit sicherem Instinkt jeweils genau das Richtige.

So überlegte sie es sich nicht zweimal, als Manis vor ihr stand, sich zu erkennen gab und sich um die Anstellung auf dem Schiff bewarb.

Manis war überglücklich – er hatte Grund genug. Endlich durfte er auf einem Schiff fahren, und erst noch auf einem solch prächtigen Schiff mit mehr Bediensteten und Seeleuten als Passagieren. Und Lelio, die kurzweilige Freundin, sollte auf der ganzen Fahrt in seiner Nähe sein und die Milch seiner Ziege verarbeiten für den heiklen Magen des Odakos. Er würde viel Zeit haben, sich mit ihr zu unterhalten und über Anemospili Erinnerungen auszutauschen.

Selig stieg er ein und begab sich nach unten zur Ziege. Er war sich bewusst, dass jetzt nicht mehr viel zwischen ihm und der Scheibe stand. Auf welche Weise genau er den Diskos stehlen wollte, wusste er zwar noch nicht. Irgendwie würde sich auf einer langen Schifffahrt bestimmt eine Gelegenheit ergeben. Er überlegte sich diverse Szenarien.

Er war überzeugt, dass der Diskos nicht einfach herumliegen würde, sondern äusserst sorgfältig bewacht würde. Odakos würde ihn nie aus den Augen lassen. Aber Odakos würde ja immer wieder schlafen, und wenn der Schlaf nicht tief genug war, könnte man vielleicht etwas nachhelfen? Er erinnerte sich, einiges aus der Apotheke des Gurios in seinen Beutel gesteckt zu haben. Rasch schaute er nach und fand das Säckchen zuunterst in seinem Beutel. Da war sie, die Kräutermischung, die Gurios jeweils brauchte, um Patienten zu betäuben, bei denen eine schmerzhafte Operation durchzuführen war, etwa das Entfernen eines Splitters oder das Ziehen eines Zahnes. Eine tüchtige, am besten dreifache Portion dieses Tees würde Odakos für einige Zeit handlungsunfähig machen. Er wollte Lelio einweihen, die würde ihm bestimmt behilflich sein.

Wenn der Verlust des Diskos bemerkt würde, wäre allerdings ein rigoroses gnadenloses Durchsuchen des Schiffes unvermeidlich, und wo könnte er den Diskos verstecken?

Hin und her überlegte er sich die Möglichkeiten.

Vielleicht könnte er die Scheibe kurz vor dem Aussteigen erwischen und an Land entkommen, bevor der Verlust bemerkt würde? Oder besser: Sobald er den Diskos in den Händen hielt, würde er ihn gleich lesen, sich den Inhalt gut merken und ihn dann ins Meer werfen. Oder noch besser – ihn wieder zurücklegen. So könnten sich doch weitere Priester und vor allem Odakos noch weiter darüber ärgern. Jedenfalls stünde er blütenrein da, niemand könnte ihm etwas nachweisen, und er wüsste doch den Inhalt. Das war die ideale Lösung, alles würde sich zum Besten wenden.

Er richtete sich unten bei der Ziege gemütlich ein, streichelte sie und redete ihr gut zu, wie er es gewohnt war. Das Tier war sowieso gutmütig, so legten sich beide dankbar nebeneinander aufs Stroh. Unten im Schiffsbauch war es ruhig und still.

Sie schliefen ein.

Manis zuckte zusammen und erwachte. Was war das? Waren sie schon am Segeln? Er fühlte sich weich geschaukelt. Doch er hatte nichts gehört von einem jubelnden Abschied, hatte den Zurückbleibenden am Ufer nicht winken können, kurz, er hatte die einmalige erste Abfahrt von einem Schiff aus prompt verschlafen. Unglaublich, dass ihn der Lärm beim Einzug des Ehrengastes samt seinem Tross und der Jubel nicht geweckt hatten.

Verunsichert schlich er hinauf, um sich zu vergewissern, ob sie noch am Land oder schon auf offener See waren.

Tatsächlich – das Ufer lag ein gutes Stück in der Ferne, sie befanden sich auf dem offenen Meer. Aber warum war da kein Lärm, kein Klappern mit Kochtöpfen, kein Hin- und Herrennen, keine Musik?

Ein Matrose sass lässig sich räkelnd am Mast.

«Schön, dass wir Ruhe haben, nicht wahr? Geniesse es nur auch!»

«Ruhe? Wo ist denn Odakos und sein Tross? Schlafen alle?»

«Hast denn du geschlafen? Hast du nicht mitbekommen, dass Odakos sich in letzter Minute entschlossen hat, mit seinem ganzen Zug über Land nach Zakros zu gehen? Plötzlich hat ihn das grosse Fürchten gepackt, nachdem irgendein Augur einen Sturm vorausgesagt hat. Der muss aber bei weitem nicht eintreffen, die Art von Wahrsagungen kennen wir zur Genüge!»

Er lachte schallend.

«Stell dir vor, über Land nach Zakros! Eine grässlich mühsame Strecke über Berge und Schluchten und heisse Ebenen, und nur wenige Dörfer und Siedlungen dazwischen. Da haben sie sich etwas eingebrockt. Uns haben sie dafür eine gemütliche Reise verschafft. Wir werden bestimmt lange vor ihnen dort sein.»

Manis glaubte, nicht recht gehört zu haben:

«Also ist Odakos nicht auf dem Schiff?»

Beinahe hätte er hinzugefügt: «Und der Diskos auch nicht? Und Lelio auch nicht? Und was habe ich dann noch auf dem Schiff verloren?»

Doch er beherrschte sich und überwand die Enttäuschung

Warum nicht einfach die geschenkte Schifffahrt geniessen, wunderbar friedlich, ohne irgendeinen Kraftakt aushecken und ausführen zu müssen und sogar Gefahr zu laufen, als Verräter oder Dieb ins Wasser geworfen zu werden?

Gelöst war seine Aufgabe, den Diskos endlich mit eigenen Händen zu fassen, auf diese Weise allerdings nicht. Doch nur nicht aufgeben, sagte er sich, in Zakros würde sich bestimmt eine Gelegenheit ergeben, und von dort käme er dann um einiges leichter weg in die Freiheit mit dem wiedergewonnenen Schatz als von einem Schiff aus.

Die Idee, den Diskos auf dem Schiff zu stehlen, war, wenn er es sich recht überlegte, reichlich absonderlich gewesen.

Nachdem es ihm gelungen war, sich nicht zu ärgern, fing er an, die Fahrt zu geniessen. Endlich war es ihm vergönnt, auf einem Schiff zu sein. Da keine hohen Würdenträger mit von der Partie waren, musste er sich auch nicht, seinem niedrigen Stand gemäss, bei der Ziege unten im Schiffsbauch aufhalten, nein, es war ihm erlaubt, sich überall hinzusetzen, sich hinzulegen und die Fahrt in vollen Zügen auszukosten. Es tat ihm beinahe leid, dass sich kein Sturm zeigte. Das Meer war glatt wie selten, und die Sicht auf das nicht allzu weit entfernte Ufer war in jedem Augenblick neu und interessant.

Bald drehte das Schiff in eine grosse weite Bucht, wo sie an der Insel Pseira einen kleinen Halt einlegten, da der Kapitän dort ein betörendes Mädchen kannte. Dann hielten sie kurz auf Mochlos, um die Wasservorräte zu erneuern.

Es freute ihn ungemein, dass beim raschen Abfahren vergessen worden war, die Ziege und den Ziegenhirten vom Schiff zu holen. Unterwegs über Land würde Odakos, oder besser seine Diener, sich bestimmt abquälen müssen, genügend frische Milch zu finden.

19

Die Labryda kam unerwartet rasch vorwärts, drehte elegant um die Nordostspitze, hielt kurz in Palaikastro und landete ohne Schwierigkeiten in der wunderschönen Bucht von Zakros. Die Leute dort am Tempel waren sehr erstaunt, ein Schiff aus Knossos zu empfangen und wurden rasch über den Sinn oder Unsinn des Besuches aufgeklärt.

Was Zakros zur Entzifferung einer schwierigen Schrift beitragen sollte, war allen schleierhaft. Vor vielen Jahren war der Ruf eines talentierten Schreibers von Zakros bis nach Knossos gedrungen, doch der war vor drei Jahren gestorben, senil und blind. Eine Schreibschule für Nachwuchs gab es nicht mehr.

Die Verwaltung in Knossos war immer noch im Glauben gelassen worden, in Zakros sei die Kunst des Schreibens in effizienten Händen. Das war sie auch, wenn man es grosszügig interpretierte. Denn die wenigen schriftlichen Arbeiten wurden jedesmal säuberlich ausgeführt, und zwar von einem der Priester, der einmal in Jugendjahren in diesem Fach unterrichtet worden war. Es hatte ihn vor einigen Jahren nach Zakros verschlagen, und das geruhsame Leben in einem so idyllischen Ort, weitab vom hektischen und eifersüchtigen Betrieb von Knossos und Phaistos, hatte ihm so zugesagt, dass er blieb.

Man fand es nicht praktikabel, Odakos und seinem Tross mit dem Diskos über Land entgegenzugehen, um die sinnlose Expedition zum dritten Palast zu stoppen. Die Schicksalsgöttin liebte es, in Dreiereinheiten zu wirken. Zwar war den zum Lesen des Diskos Auserwählten in Knossos und in Malia Unheil widerfahren – der erste hatte die Sprache verloren, der zweite war tot – doch war es denn zwingend, dass auch am dritten Ort wieder Unheil geschehen würde, wo ja gar niemand zum Lesen, also zum Bestrafen, zur Verfügung stand? Es stand der Schicksalsgöttin ja wohl frei, einmal als Nummer drei etwas Positives zu bewirken.

Wenn der Zug einmal in Zakros ankam, war immer noch Zeit, die Wahrheit zu sagen. Die Reisegruppe würde es bestimmt nicht bereuen, gekommen zu sein, denn einige entspannte und friedliche Tage waren ihnen an diesem zauberhaften Ort gewiss, der bekannt war für die Pflege eines seelenvollen und innigen Kultes. Zakros war ein altmodischer Palast mit einem Tempel, in welchem in viel lockerer Art als in Knossos der Muttergöttin und auch anderen Gottheiten gehuldigt wurde. Die Rituale basierten auf alten Überlieferungen und enthielten viel Tanz und Gesang, und auch das Kulinarische kam nicht zu kurz.

Manis waren solche Tage nun sogleich vergönnt. Er hatte alle Musse, sich umzusehen und sich mit seiner Ziege einzurichten.

Das Schönste an Zakros war der Strand. Elegant geschwungen, mit feinstem Sand liess er sich mit jedem Strand an der Nordküste vergleichen, ja übertraf sie alle. Gern schwamm Manis weit hinaus und schaute zurück auf das grossartige Hügelrund, das Zakros umschloss. Pflanzen unbekannter Art – wie in Afrika, vermutete er – gaben der paradiesischen Landschaft einen exotischen Anstrich.

Es vergingen manch genussvolle Sonnentage, bis die lange Karawane mit der Sänfte und dem Diskos oben an der Hügelkante erschien. Nun stand dem Zug nur noch der steile Abstieg durch ein blütenreiches, meist ausgetrocknetes Bachbett bevor. Es war wohl eine der schwierigeren Passagen der langen Reise, dafür eine der eindrücklichsten. Doch auch diese letzte Hürde wurde mit Bravour genommen.

Die beschwerliche Reise hatte Odakos erstaunlich wenig zugesetzt. Als Herr des Unternehmens hatte er sich alle Wünsche erfüllen lassen und die Verwöhnung genossen. Die kostbare Scheibe spürte er stets auf sich, in einem Beutel, den er auf dem Leib, unter sämtlichen Hüllen, trug. Odakos hatte es vorgezogen, in einer mehr oder weniger bequemen Sänfte im Schatten zu reisen als auf irgendeinem tückischen Reittier. Zum Glück hatten sie fünf Paare von Sänftenträgern mitgenommen, die sich häufig abwechseln konnten auf der gebirgigen Strecke.

Die Ankunft der schwerfälligen Kolonne machte Manis ganz kribbelig. Und mit Verwunderung stellte er fest, dass es nicht so sehr die Nähe des Diskos war, was ihn schlaflos machte. Das auch, aber noch mehr erregte es ihn, dass er nun endlich die Gelegenheit haben würde, Lelio kennen zu lernen und sich mit ihr anzufreunden. Er musste herausfinden, was in aller Welt ein so edles Geschöpf dazu bewegt hatte, ihm besondere Aufmerksamkeit zu schenken, ausgerechnet ihm, und ihn herauszuheben aus der Masse der Lauf- und Hilfsburschen am Palast. Sie hatte bestimmt keinen Mangel an würdigeren Anbetern.

Die Gelegenheit zu einem Treffen ergab sich bald, und aus einem ersten Treffen wurden rasch einmal viele. Lelio war im schläfrigen Zakros nicht allzu sehr eingespannt. Das Küchenpersonal vom Palast war ausreichend bestückt, vorzüglich geschult und brauchte wahrhaftig keine weitere Hilfe, auch für Gäste nicht. Nur hie und da waren ihre Diätkenntnisse gefragt, wenn es um ein besonders leckeres, aber heikles Gericht für Odakos ging. So hatte sie reichlich Musse, sich mit Manis zu treffen und über alles und jedes zu plaudern.

Warum sie ihn verwöhnt hatte? Die Antwort war einfach, typisch Lelio: Weil sie ihn mochte. Denn als Kräuter-Studentin in Anemospili am Tempel hatte sie seine Familie wenigstens aus der Ferne kennengelernt, und Manis hatte ihr ganz einfach besonders gut gefallen.

Lelio war der unkomplizierteste Mensch, der ihm je begegnet war, praktisch, angriffig, mutig, geschickt – alles wundervolle Eigenschaften. Manis genoss die neue Freundschaft ganz besonders in seiner etwas sonderlichen einsamen Lage im fernen Zakros.

20

Die Feierlichkeiten für die Besuchergruppe aus Knossos zogen sich über Tage dahin. Ein Anlass folgte dem andern. Die kretischen Götter wurden unentwegt gepriesen und um ihren Schutz angefleht, und der Höhepunkt war jedesmal, nach den tänzerischen Darbietungen der Tempeldamen zur rhythmischen Musik, das Brandopfer, darauf das krönende Mahl.

Odakos genoss die Festlichkeiten täglich von Neuem.

Mit der Zeit jedoch, als die Tage sich endlos und sinnlos aneinanderreihten, wurde er sich seiner leicht absurden Lage immer mehr bewusst. Wenn nüchtern und nicht eben vom Festtrubel berauscht, war er oft recht ratlos, gar verärgert. Es wollte und wollte nicht vorwärts gehen mit der grossen Aufgabe, die er für das Land zu erfüllen hatte. Warum nur konnte die Scheibe nicht gelesen werden? Allmählich begann er zu fürchten, dass doch ein Fluch darauf lag.

Im Traum sah er Grabräuber, die den Schatz auch ohne die Angaben auf der Scheibe schon längst gefunden hatten und gleich in aller Ruhe Gold zu Hauf ausgruben, während er auf Kreta herumirrte und Priester in Verlegenheit brachte, ja ihnen Not und Tod bescherte.

Doch nicht allzu häufig trug sich Odakos mit solch düsteren Gedanken. So leicht liess er sich die gute Laune nicht verderben. Abgesehen von dem nachgerade ärgerlichen Diskos war er eigentlich ein Glückspilz, dass es ihn nach Zakros verschlagen hatte. Gehört hatte er schon oft von diesem prächtigen Fleck auf Kreta, doch den Ort je zu sehen, das hatte er nicht einmal im Traum gehofft. Und jetzt war er tatsächlich hier, und erst noch auf Palastrechnung und als umhätschelter Gast. So etwas musste man auskosten, es wäre direkt undankbar dem Schicksal gegenüber, wenn man da murrte.

So versuchte er, jeden Tag im herrlichen Zakros neu zu geniessen. Im Grunde war es ihm nachgerade gleichgültig, was auf dem albernen Diskos stand, so lange sein Glück so oder so andauerte und er ohne jede Anstrengung zu solch unerwarteten Ehren und Bequemlichkeiten gelangte. Die Scheibe hatte sich eigentlich auch ungelesen schon recht bezahlt gemacht und ihm einiges an Glück und Ruhm gebracht, müssige Tage in der Sonne am Strand, verwöhnt, umsorgt. Der Tempel in Zakros war nicht übel bestückt, Dienerinnen waren reichlicher vorhanden als Diener. Es war eine angenehme Stimmung, die Bewohner wirkten alle sehr sorgenfrei, wohlgenährt und glücklich. Das machte wohl die Entfernung von Knossos aus. Allzu häufig verirrte sich da nämlich nicht ein Kontrolleur oder Steuereintreiber hin. Und wenn schon – man sah ihn ja von weitem kommen und konnte sich vorbereiten.

Die gutmütigen Priester von Zakros sahen die Sache allerdings etwas anders an als Odakos. Sie fanden, es reiche nun, sie hätten gern den ungebetenen, ein wenig mühsamen Gast mit seinem ganzen Gefolge gelegentlich wieder los gehabt.

Sie rieten ihm, es doch in Phaistos zu versuchen.

Es dauerte nur wenige Tage, und auch Adamas und Minea kamen den steilen Weg in die Bucht heruntergeritten. Begeistert erzählte Minea von ihrer Reise. So viel hatten sie gesehen auf ihrem Ritt durch das Dikte-Gebirge, und tatsächlich hatten sie auch das Dorf ihrer Mutter gefunden. Genau so wie Manis es während des Erdbebens und des grossen Feuers vermutet und gehofft hatte, war sie wieder zurückgekehrt zu ihren Leuten. Das stille Dorf, aus welchem sie der Vater geholt hatte, lag weit ab von den mondänen Palästen Kretas. Sie hatte sich nie heimisch gefühlt am Tempel von Anemospili, hatte all die komplizierten Rituale nicht verstanden. Hier in ihrem Dorf wurden immer noch uralte Sitten und Bräuche gepflegt, hier fühlte sie sich wieder aufgehoben und daheim.

Sie war überglücklich gewesen, nach mehr als vier Jahren ihren Lieblingssohn Adamas endlich wieder zu umarmen und hatte sich ausgezeichnet verstanden mit ihrer neuen Schwiegertochter aus Kalliste. Sie hatte die beiden nur ungern ziehen lassen, und das erst, nachdem sie hoch und heilig versprochen hatten, möglichst bald wieder zu kommen und Manis, ihren vierten Sohn, mitzubringen.

Kurz nach der Ankunft von Adamas und Minea in Zakros ergingen sich die drei wieder einmal im blumenreichen Park. Da sahen sie eine einsame, hünenhafte Gestalt mit schneeweissem, wie gepudert wirkendem Gesicht den Pfad gegen den Tempel hinunter steigen. Auf dem kurzgeschorenen Haar trug sie einen schwarzen Hut mit breiter Krempe, die das Gesicht fast völlig bedeckte. Manis musste nicht lange hinschauen, er erkannte den grossen gelben Sänftenträger sogleich. Auch Adamas und Minea erkannten in ihm bald den Flüchtenden von Amnissos, der ihnen die Scheibe angedreht hatte. Seine Grösse und sein wilder Blick waren unverkennbar. Als er sich näherte, wollte Manis ihm entgegeneilen und ihn begrüssen. Doch sobald der Grosse ihn erspähte, winkte er ab und legte seinen Finger auf die Lippen; er wollte unerkannt bleiben.

Odakos lag diesen Nachmittag schläfrig in einem schattigen Tempel-Vorbau und liess sich von zwei Tempeldienerinnen Kühlung zufächeln. Von Zeit zu Zeit schlürfte er etwas Milch aus einer afrikanischen Kokosnuss..

Der Sänftenträger schlich sich in die Nähe, betrachtete Odakos lange Zeit und verschwand dann wieder im Gebüsch. Was er wohl in Zakros suchte? Folgte er wohl auch der Scheibe? doch aus welchem Grund?

Odakos hatte nichts bemerkt. Er schaute genüsslich auf das tiefblaue Meer hinaus. Adamas, Minea und Manis sassen in gebührendem Abstand von Odakos und schauten ebenfalls genüsslich auf das tiefblaue Meer hinaus. Auch sie mussten zugeben, die Jagd nach der Scheibe habe, wenn sie auch erfolglos war, durchaus ihre angenehmen Seiten.

Sie hatten sich in der Pilger-Herberge niedergelassen, als sie wieder zusammengetroffen waren, und warteten, was nun wohl mit dem Diskos geschehen würde.

Sie hatten keine Ahnung, wie es weitergehen könnte. So nahe waren sie der Scheibe, und doch wieder ferner denn je. Immer wieder drehte sich ihr Gespräch darum, ob sie etwas in Bewegung setzen oder einfach abwarten sollten. Nachgerade empfanden sie das Spiel reichlich absurd: nie zu weit weg vom Diskos zu sein, just für den Fall, dass sich etwas ergäbe, und doch auch wieder nicht zu nahe, um nicht aufzufallen.

Die Scheibe lag nie irgendwo herum, wo man sie hätte stehlen können. Sie ruhte stets und immer auf Odakos' Wanst, unter all seinen Hüllen, zuunterst auf der Haut, wohl eingepackt in weiche Tücher in einem weichen Beutel, wusste Lelio zu berichten. Das erklärte den auffälligen, ungewohnten Buckel auf Odakos' nicht eben flachem Bauch.

Doch es dauerte nicht lange, da wurden sie aus ihrem erzwungenen Nichtstun gerissen, es kam wieder Leben in den Alltag. Lelio, die zwischen dem Palast und der Herberge hin und her pendelte, brachte aufregende Neuigkeiten. Die Priester hatten Odakos endlich überzeugen können, der Diskos sollte an den Palast von Phaistos gehen.

Wieder wurde ein Schnellboot mit speziell ausgebildeten Ruderern vorausgeschickt, um die bevorstehende Ankunft zu melden und die geübten Schriftkenner noch etwas trainieren zu lassen auf den grossen Akt hin.

Dass Knossos nicht begeistert war, wenn man die Konkurrenz an den Schatz heranliess, wusste Odakos wohl. Doch man hatte keine andere Wahl. Denen in Knossos hatte man ja die Chance gegeben, sich am Diskos zu profilieren, und die Gelegenheit war vertan worden.

Der Diskos sollte die Reise nach Phaistos wieder auf dem Wasser unternehmen, entschied Odakos. Er war nun Fachmann für beide Reisearten, Land und Wasser, und hatte befunden, eine Schifffahrt sei das kleinere Übel. Er war jetzt einiges klüger. Die Labryda, die man vor kurzem in Malia schnöde zurückgewiesen hatte, war immerhin viel früher als die Landpartie in Zakros angekommen. Friedlich, harmlos, recht sicher und komfortabel sah sie aus, wie sie da in der Bucht geduldig schaukelte. Vergessen war die missliche Landung in Malia. Reisen war so oder so beschwerlich, versäumte er nie, seine Gesprächspartner wissen zu lassen, mit den dazugehörigen grunzenden Seufzern und einem geübten Leidensgesicht. Doch die Pflicht, die Pflicht dem Tempel und dem König gegenüber – was man da auf sich nahm, dazu wäre wohl kein Zweiter im Land bereit.

Allerdings eilte es Odakos nicht sonderlich mit der Weiterreise. Warum nicht die Ruhepause noch etwas auskosten?

Man würde gelegentlich, entschied Odakos, wenn das Wetter mit Sicherheit stabil bliebe, mit dem bequemen Schiff weiterreisen und um die Südspitze Kretas herumsegeln.

Manis freute sich über die Nachricht und sah sich schon wieder als Ziegenhüter auf der Labryda mitfahren. Doch das war leider unmöglich, berichtete Lelio. Sie als Spezialistin in Sachen Magen-Diät hatte auf der Landreise von Malia nach Zakros, als Ziegenmilch schwierig zu erhalten war, einen Ersatz gefunden: Das Gelbe von frischen Hühnereiern tat den gleichen Dienst, wirkte sogar noch stärker und hatte Odakos zu einem neuen Wohlbefinden verholfen. Einige Hühner befanden sich sowieso immer auf dem Schiff, somit war der Posten eines Ziegenhirten auf der Labryda überflüssig geworden.

Für die lange Reise sollte man sich eindecken können mit Unterhaltung, fand Odakos. Er schaute sich um.

Neben dem Palast-Personal gab es immer auch einige Gäste, Landarbeiter, Händler, vor allem aber Pilger und Pilgerinnen, kurz verschiedenes wanderndes Volk, das sich mehr oder weniger zufällig in Zakros aufhielt. Irgendwie mussten die alle ja wieder einmal von Zakros wegreisen. Da liess sich bestimmt etwas an passender Gesellschaft finden für den Rest seiner Reise.

Odakos liess überall ausrufen, dass das grosse, bequeme Schiff, das in der Bucht schaukelte, bald nach Phaistos segeln würde, und dass da noch Raum für einige wenige eventuelle Passagiere zur Verfügung stehe.

Minea war gerade wieder einmal am Nachsinnen und Denken, wie man an die Scheibe herankommen könnte, als sie die Ankündigung von den Passagierplätzen vernahm.

«Ich hab's,» rief sie, und so sehr musste sie sich schütteln vor Lachen über die gute Idee, dass es eine geraume Zeit brauchte, bis sie ihren Einfall prustend und kichernd den anderen mitteilen konnte.

«Ich melde mich aufs Schiff als Passagierin, lasse mich von Odakos in seine Kabine locken, und wenn er dann Weiteres von mir will, fordere ich zuallererst als Lohn, dass ich den Diskos sehen darf.»

Adamas schauderte.

«Und dann? Wenn er seinen «Lohn» einfordert?» Er schüttelte sich entsetzt. «Du glaubst doch nicht im Ernst, dass ich dich allein mit diesem alten Lüstling aufs Schiff gehen lasse! Wo denkst du hin?»

«Adamas, traust du mir nicht zu, dass ich mich wehren kann, wenn es so weit kommt?»

«Eine schwache Frau ist immer im Nachteil gegenüber einem Ungeheuer mit Kraft.»

«Da irrst du aber gewaltig. Da geht es nicht um Kraft, sondern um List, um Gewandtheit, um Pfiff. Ich kann kratzen und beissen, speien und treten. Auch ohnmächtig stellen kann ich mich mühelos, oder ich könnte gleich schwer erkranken, oder ich könnte meinen Leib mit einem grässlich ansteckenden Ausschlag malträtieren oder ich ...»

«Hör auf!» schrie Adamas, «und er, was er alles könnte? Das mindeste wäre noch, dich über Bord zu werfen.»

«Kein Problem, schwimmen kann ich ausgezeichnet, bestimmt besser als Odakos samt all seinen Sänftenträgern.»

Adamas konnte sich immer noch nicht mit dem Gedanken anfreunden.

«Und wenn Odakos dich erkennt? Du hast ihm doch damals in Knossos den Diskos verkauft, zu einem unverschämten Preis.»

«Ach, der sieht nicht aus, als ob er sich ein Gesicht merken könnte. Und mit etwas Verkleidung und Schminke kann ich mich prächtig verwandeln.»

Es war hoffnungslos, Minea liess sich ihren Plan nicht wegdiskutieren.

Als letztes versuchte es Adamas noch mit einem neuen Vorschlag:

«Weisst du was, ich komme auch als Passagier mit, dann bin ich in der Nähe und kann dir helfen.»

«Adamas, du bist hoffnungslos! Kannst du dir wirklich vorstellen, dass wir einige Tage auf dem gleichen Schiff sind und uns weder anschauen noch sprechen dürfen? Du würdest gleich alles verderben mit deiner Ängstlichkeit.»

Für Manis sah die Sache weniger nach Gefahr aus, vielmehr sah er den praktischen Nutzen nicht allzu klar.

«Aber was bringt uns das? Wenn du den Diskos wirklich zu sehen bekämest,» warf er ein, «wie willst du ihn lesen und verstehen?»

«Ja, da hast du recht, stehlen könnte ich ihn bestimmt, ich müsste Odakos ja bloss einen anständigen Schlaftrunk geben. Aber beim Erwachen würde er den Verlust sogleich bemerken.»

«Und bevor er das ganze Schiff durchsuchen könnte, was er sicher tun würde, müsstest du dich rasch davonmachen. Das wäre nicht allzu leicht!»

Schweigend schauten sie aufs Meer hinaus, wo das Schiff gemütlich vor Anker schwankte. So rasch würde die Abfahrt noch nicht stattfinden, das war gewiss. Der Aufenthalt in Zakros war allzu lustvoll. Sie sassen da, schwiegen und sannen nach, wie man das Problem lösen könnte.

«Ich hab's,» schrie Manis plötzlich, und rasch hielt er sich die Hand vor den Mund, denn es kamen gerade einige Pilger aus dem Tempel vorbei, die am Strand spazieren wollten.

Manis zitterte vor Erregung und machte Zeichen und Grimassen, um den anderen zu bedeuten, dass er eine umwerfende, alles rettende Idee habe.

Schliesslich geruhte die Pilgergruppe sich vom Strand zu entfernen. Nun konnte Manis endlich seine Idee loswerden, die so genial war, dass er sie nur mit Stottern hervorbrachte. Noch und noch überschlug sich seine Stimme vor Begeisterung.

«Ich mache einen zweiten Diskos, einen völlig anderen, aber einen, der gleich aussieht. Ich habe ja die Stempelchen dazu, das wird kein Mensch merken. Und anstatt den Diskos zu stehlen, tauschest du ihn einfach gegen den richtigen aus, das sollte nicht allzu schwierig sein.»

«Genial!» rief Adamas.

«Genau so!» schrie Minea, und fiel Manis um den Hals. «Hol rasch die Stempelchen. Wir müssen nur noch möglichst feinen Ton finden, dann kann es losgehen.»

21

Der nächste Tag war einer der kurzweiligsten für die drei. Eine exakte Doublette des Diskos wollten sie herstellen. Dafür zogen sie sich in eine Lichtung zurück, möglichst weit weg vom Palast, damit sie nicht überrascht würden durch ungebetene Beobachter.

Zuerst musste feinster Ton herbeigeschafft werden. Adamas unternahm es, in der Schreibstube um etwas Ton für einen Brief zu bitten, den er zu schreiben wünschte.

«Eher für fünf Briefe,» rief ihm Manis nach, denn die Scheibe war recht gross verglichen mit den kleinen viereckigen Plättchen, die üblicherweise für Korrespondenz verwendet wurden.

Adamas brachte einen prächtigen Klumpen von allerfeinstem, recht hartem Ton, den ihm der Schreibmeister gerne geschenkt hatte – beste Qualität von Kollege zu Kollege, wie er sagte.

Die erste Aufgabe bestand darin, eine Scheibe von der richtigen Grösse und Dicke herzustellen. Manis hatte die Grössenmasse recht genau in der Handfläche, und die Dicke hoffte er auch zu treffen. Das gleiche Gewicht war unerläßlich, schien ihm, denn das war ja das einzige, was Odakos täglich zur Kenntnis nahm. Doch musste er auch berücksichtigen, dass beim Brennen einiges an Gewicht verloren ging. Wieder und wieder wog er das Stück in der Hand, bis ihm schien, es sei genau richtig.

Jetzt kam die Hauptsache – das Stempeln des Textes.

Manis lebte auf – jetzt konnte er wieder schreiben. Wie oft hatte er doch mit Gurios Spiralen gezogen und sie danach rund herum vollgestempelt. Übermütig, lustvoll drückte er die Stempelchen in die feuchte Oberfläche, schön gerade ausgerichtet, aber vom Sinn her in wirrer Ordnung. Er zog zwischen den Worten und Zeilen Linien, genau so, wie sie es jeweils praktiziert hatten. Manchmal lachte er beim Schreiben laut auf, wenn er Dinge hineinschrieb, bei denen Gurios die Haare zu Berge gestanden wären, oder wenn er Zeichengruppen wiederholte, die ihm möglichst sinnlos schienen. Um das Ende eines Satzes zu markieren, setzte er einen kleinen Haken wie einen Dorn. Er gab sich Mühe, möglichst dumm und unlogisch zu schreiben und einen Leser auf die falsche Spur zu bringen. Eigentlich war dies alles verlorene Mühe, denn auch in einigen Jahrtausenden würde keiner überhaupt eine Ahnung haben, was es auf sich hatte mit all den geheimen Zeichen, der Pflanze und dem Kriegerkopf und dem Haus und der Schaufel und der Ähre.

Minea und Adamas schauten gespannt zu und wollten immer wieder wissen, was er denn gerade geschrieben habe. Sie staunten, wie gewandt und sicher er mit den Stempelchen und der Tonscheibe umging.

Minea wollte unbedingt auch etwas «schreiben». Sie musste selber ausprobieren, wie so ein Zeichen zustande kam, wie ein Stempel in den Ton gedrückt werden musste, damit sich eine klare, feine Zeichnung ergab. Nur ungern liess Manis sie an sein Werk heran, doch als sie immer inständiger bat, gestattete er es. Sie wählte den kompliziertesten Stempel mit dem Haus aus. Doch drückte sie ihn so ungeschickt in den Ton, dass Manis rasch eingreifen musste, um die missratene Stelle zu löschen, indem er gleich einen Rundschild darüber stempelte.

Zum Trost liess er sie dann ein Bildchen für die Mitte der Scheibe auswählen, eine Art Unterschrift. Sie suchte nicht lange, ihre Wahl fiel gleich auf das hübsche Blümchen, das an die Arbeit im blumenreichen Zakros erinnern sollte.

Nun musste das Kunstwerk getrocknet werden. Dazu stellte Manis es für einige Zeit sorgfältig auf. Die Scheibe erwies sich als stabil genug und balancierte aufrecht auf einer sicheren Unterlage. Zu dritt setzten sie sich rings um den Diskos, damit ja kein zufälliger Spaziergänger einen Blick darauf werfen könnte, und warteten. Abwechselnd hielten sie Wache, auch in der Nacht.

Bald war der Ton trocken genug, und es fehlte nur noch das sorgfältige Brennen.

Jetzt war wieder Adamas an der Reihe. Er wurde nochmals ausgesandt um auszukundschaften, wie man die Scheibe in der Schreibstube unauffällig brennen könnte.

Er hatte Glück. Derjenige, der den Brennofen betreute, war gerade am Zusammenpacken. Er gestattete Adamas, der auf ihn einen äusserst ernsthaften und zuverlässigen Eindruck machte, seine Briefe, sobald sie fertig wären, am selben Abend noch in der Glut zu brennen. Er erklärte ihm ausführlich, wie er die Brennstube für die Nacht zu hinterlassen habe. Adamas versprach, alles in Ordnung auszuführen und bedankte sich herzlich für das Entgegenkommen.

Er holte die anderen, und sorgfältig trug Manis das angetrocknete Produkt in die Brennstube. Als die Scheibe im Ofen war, wagten sie nicht, sich zu entfernen. Sie liessen sich neben dem Gebäude nieder und gaben sich alle Mühe, nicht einzuschlafen. Von Zeit zu Zeit ging Manis nachschauen, und als der Mond schon am Untergehen war, erklärte er die Arbeit für vollendet. Sorgfältig nahm er die Scheibe aus dem Ofen und wickelte sie, genau wie Odakos, in ein weiches Tuch.

Das war geschafft, die Doublette ohne Sinn war geboren und ruhte in Manis' Tasche, wo sie auf ihren Einsatz wartete.

Adamas wurde von Stunde zu Stunde unruhiger. Konnte er es zulassen, dass Minea sich allein auf das Schiff begab und sich Odakos auslieferte? Er malte sich jede Menge gefährlicher Szenen aus und machte sich Vorwürfe, er sei ein Rabengatte, dass er überhaupt Hand bot zu einem solch riskanten Abenteuer.

Gefahr für ihr Leben bestand zwar nicht, das wusste er, denn Odakos war eigentlich naiv und unbeholfen, und Minea war einiges zuzutrauen. Eigentlich war er überzeugt, dass sie die Sache meistern würde, und doch wurde ihm übel beim blossen Gedanken, sich von Minea zu trennen und sie einem alten Fettwanst anzuvertrauen.

Zur Sicherheit wollten sie, so weit es möglich war, das Schiff auf seiner Küstenfahrt vom Ufer aus verfolgen. Allerdings war das nicht so einfach, denn die Südostspitze von Kreta war felsig, und Klippen verunmöglichten es, dort der Küste entlang zu reiten, ebenso an manchen Stellen der Südküste. Nur an wenigen Orten war die Küste vom Land aus zu erreichen. Doch Adamas war wild entschlossen, jedesmal ans Meer hinunter zu reiten und die Labryda zu beobachten, wo immer es machbar war. Sollte sie aus irgendeinem Grund landen oder an Klippen zerschellen oder von Piraten überfallen werden, könnte er Minea gleich in Empfang nehmen.

Adamas liess sich etwas beruhigen, als sie sich entschlossen, Lelio in den Plan einzuweihen.

22

Lelio war sogleich begeistert, mitzuspielen. Sie mochte Odakos nicht sonderlich, fand ihn jedoch recht harmlos, ja einfältig. Als Essgast auf dem Schiff wollte er seine Zufriedenheit nie allzu deutlich zeigen. Wenn ihm etwas mundete, schmatzte er um so lauter und rief nach einer weiteren Portion. Nie erkundigte er sich, wer denn die Leckerbissen zubereite.

Lelio war überzeugt, dass er eine leichte Beute war für Minea.

«Wie wäre es, wenn Minea schon hier in Zakros die Aufmerksamkeit von Odakos auf sich lenken würde?» schlug sie vor. «Dann hätte sie alle Zeit, in den wenigen Tagen auf dem Schiff ihren Plan auszuführen.»

Minea sollte also noch an Land das Interesse und die Lust des Odakos erwecken.

«Dann müsste sie schon gleich hier mit dem Alten anbändeln?» Adamas schauderte.

«Sie sollte sich als Pilgerin zeigen und stets in der Nähe sein, wenn irgendeine rituelle Handlung ausgeführt wird. Odakos jedenfalls ist stets an vorderster Front dabei, vor allem bei Brandopfern, wo jedesmal ein Leckerbissen für die Teilnehmenden abfällt.»

«Aber wie soll ich wissen, wie ich mich bei einem religiösen Akt verhalten muss und was dazu gesprochen werden muss?»

«Mach dir keine Sorgen, murmeln genügt. Wetten, dass Odakos selber nicht weiss, was sagen.»

Da Minea im freien Kalliste aufgewachsen war, musste sie erst in die Grundlagen der kretischen Religion eingeführt werden, in die rituellen Handlungen, die zu bestimmten Zeiten und an bestimmten Orten auf bestimmte Weise ausgeführt wurden, und vor allem musste sie sich vertraut machen mit der kretischen Muttergöttin, dem Zentrum der Anbetung.

«Wozu ist dein Gatte ein Priestersohn? Der wird dich doch hoffentlich instruieren können.»

Manis und Adamas teilten sich in den Unterricht. Die Schülerin war recht anspruchsvoll und stellte kritische Fragen, welche die Priestersöhne häufig in Verlegenheit brachten. Lelio half gerne aus, wenn es um die kulinarischen Eigenheiten im Kultleben von Zakros ging.

Wichtig war das Äussere: Minea musste als devote Pilgerin hergerichtet werden, um sich in der Nähe von Odakos bewegen zu können.

Lelio war unschätzbar im Auftreiben von passenden Requisiten. Ein keuscher Schleier wurde über das Gesicht drapiert, der Mineas Schönheit nicht zeigte, wohl aber ahnen liess. Ein dezent weites, schneeweisses Kleid mit einer dick wattierten und gepolsterten Innentasche wurde rasch hergestellt. Dann musste Minea üben, gemessen zu schreiten, etwas, das ihrem ungestümen Wesen widerstrebte. Die Übungen machten allen riesigen Spass.

Drei vergnügte Tage verbrachten die vier mit den Vorbereitungen, dann war Minea bereit, aufzutreten. Niemand fragte, wie sie nach Zakros gelangt sei, denn Gruppen von Pilger kamen und gingen in stetem Wechsel. Sie ging ein und aus im Tempel und in den Gartenanlagen, so wie wenn sie sich besonders innig und intensiv mit der Muttergöttin auseinandersetzen wollte, und bald wurde sie als zum Kreis der Frömmsten zugehörig akzeptiert. Sie nahm aufmerksam an allen rituellen Handlungen teil, ehrfürchtig in der vordersten Reihe stehend. Und wenn Odakos dabei war, wollte es der Zufall häufig, dass sie neben ihn zu stehen kam. In Zeiten ohne besondere Rituale wurde sie andächtig meditierend oder aber inbrünstig betend an strategischen Stellen im Blickfeld von Odakos gesehen.

Seine Art, Untergeordnete nicht zu beachten, ja nicht einmal direkt anzuschauen, war bei verlockenderen Kreaturen gegenteilig – er konnte sich kaum lösen von ihrem Anblick.

So entging es ihm nicht, dass ihre keuschen Blicke oft in seine Richtung schweiften und auf seiner Erscheinung ruhten. Die Zufälle, bei denen sie Odakos über den Weg lief, häuften sich – und jedesmal grüsste sie ihn freundlicher, so wie einen alten Bekannten. Versteht sich, dass er bald innige Kusshändchen zurückwarf.

War es denn möglich, dass er endlich ein weibliches Wesen traf, das seine etwas weniger an der Oberfläche liegenden Reize würdigte?

Er gab sich alle Mühe, seine Haare besonders sorgfältig über die nackten Stellen zu ziehen, sich möglichst aufrecht und stolz zu halten, gemessen zu schreiten, seine Hüllen mit Artigkeit und Sittsamkeit zu tragen und nicht durch lautes oder gehässiges Reden negative Aufmerksamkeit auf sich zu ziehen.

Seine Freude war kolossal, als er vernahm, dass das edle Fräulein sich als Passagierin auf seinem Schiff eingeschrieben hatte, da sie der Göttin auch im Tempel von Phaistos huldigen wollte. Auf dem engen Raum eines Schiffes würde sich bestimmt ganz natürlich eine nähere Beziehung aufbauen lassen.

Die Schiffer staunten nicht wenig, als Odakos plötzlich zu einer raschen Abfahrt drängte. Er hatte doch noch vor kurzem durchblicken lassen, dass ein ausgedehnter Ruhe-Aufenthalt im behaglichen Zakros angesagt sei.

Als der letzte Abend vor der Abfahrt kam, war Adamas drauf und dran, die ganze Sache abzublasen. Er hatte schlecht geschlafen, und die schrecklichsten Träume hatten ihn geplagt. Doch Minea und Manis sahen überhaupt keine Schwierigkeiten. Das einzige, was geschehen könnte, war, dass es Minea nicht gelingen würde, den Diskos auszutauschen. Dann wäre man genau so weit wie jetzt und müsste wieder von vorne beginnen.

«Aber Adamas, magst du mir denn ein kleines Abenteuer nicht gönnen?»

«Trag dir Sorge, pass gut auf dich auf!»

«Traust du mir denn nicht zu, dass ich auf mich selber aufpassen kann?» Minea gab ihm einen kleinen Klaps auf seine Wange. «Du wirst staunen, was ich alles kann. Bin ich denn nicht eine glaubwürdige kretische Pilgerin? Oh die Muttergöttin – wie sie sich freuen wird ob ihrer feurigen Verehrerin!» flötete sie probehalber.

Am nächsten Morgen, bei herrlichstem Sonnenschein, segelte das prächtige Schiff aus der Bucht von Zakros. Minea und Odakos standen in geziemendem Abstand voneinander am Geländer, etwas weiter weg Lelio, und winkten den Zurückgebliebenen je nachdem wehmütig oder freudig.

Adamas und Manis warteten nicht lange und machten sich sogleich auf, möglichst nahe der Küste entlang nach Phaistos zu reiten. Einige Meilen vor Myrtos war die erste Möglichkeit, zum Ufer vorzudringen.

Sie hatten mit Minea vereinbart, dass sie, wann immer sie in der Nähe der Küste waren und die Labryda sehen konnten, zwei Feuer anzünden würden, gleich nebeneinander. In das eine würde Manis vom Pulver hineingeben, das er mit Gurios zusammen aus einer besonderen Bergpflanze gewonnen und in seinem Medizinsäckchen mitgetragen hatte. Es bewirkte, neben anderen Effekten, dass das Feuer bläulich-grün wurde. So könnte Minea es sogleich als das Feuer der beiden Brüder erkennen.

Den Südostzipfel der Insel wollten sie abkürzen, der war zu unwegsam und hätte unnötig viel Zeit in Anspruch genommen. Mit Minea hatten sie verabredet, sie solle frühestens dort tätig werden, wo die Südküste wieder einigermassen begehbar wurde. Sie solle nach dem hohen Dikte-Gebirge Ausschau halten, und dort, wo sich das Gebirge in die Ebene senkte, kurz vor Myrtos, mit ihrem Vorhaben beginnen.

Wenn alles normal verlief, würden sie vor dem Schiff in Phaistos ankommen, um Minea und hoffentlich die Beute gleich in Empfang nehmen zu können.

23

Es kam, wie es kommen musste. Schon am ersten Abend sassen Odakos und Minea auf bequemen Sesseln auf dem Vorderdeck, vorläufig noch in schicklichem Abstand. Minea hielt sich verschämt in ihren Pilgerschleier gehüllt, damit Odakos ja nicht an die peinliche Szene erinnert werde, damals in Knossos, als sie die Scheibe zurückbrachte. Beide schauten sie auf die gemächlich vorbeiziehenden Klippen.

Unmerklich rückte Odakos seinen Sessel etwas näher zu Minea. Und noch etwas näher. Und noch ein kleines Stückchen.

Minea erhob sich seufzend, wünschte Odakos eine gute Ruhe und zog sich in ihre Kabine zurück.

Am nächsten Morgen stand Odakos' Sessel gleich von Beginn an etwas näher beim anderen Sessel. Als Minea gegen Abend aus ihrer Kabine auftauchte und sich auf Deck setzte, war ein Gespräch unumgänglich.

«Haben Sie gut geschlafen diese erste Nacht?»

«Herrlich, die leichten Wellen wiegen einen in eine wohlige Betäubung. So bin ich leider nur dreimal in der Nacht erwacht, um der Muttergöttin zu huldigen, viel zu wenig verglichen mit meinen sonstigen Gepflogenheiten.»

«Ach, sie beten die Göttin auch in der Nacht an? Und wie oft, darf ich fragen?»

«So fünf- bis sechsmal ist auf dem Land meine Gewohnheit. Noch viel zu wenig, wenn man bedenkt, wie gütig unsere Mutter zu uns allen ist, und wie unsäglich viel Dank ich ihr schulde. Nie im Leben werde ich genug Zeit und Kraft haben, ihr zu danken und sie um ihren Schutz zu bitten, auch wenn ich all meine mir verbleibenden Tage dafür einsetze. Mein innigster Wunsch ist es, sie einmal, nur einmal im Leben, persönlich zu sehen.»

«Ja, die gütige Muttergöttin, ein unerschöpfliches Thema. Auch mir ist sie schon einige Male gnädigst in mein Leben getreten.»

«Wie interessant! Sie ist in Ihr Leben getreten, sagen Sie? Wie wunderbar für Sie! Was für einen Segen hat sie Ihnen gebracht? Was für eine Gunst hat sie Ihnen denn erwiesen?»

«Sie sehen ja, diese herrliche Reise, und der gewinnbringende Aufenthalt in Zakros,» stotterte er unbeholfen, «und unsere neue, so erspriessliche Bekanntschaft, all das habe ich wohl ihr zu verdanken.»

«Vielleicht hat sie sich Ihnen schon persönlich gezeigt? Sind Sie ihr schon selber begegnet? Wie herrlich für Sie! Ich bin immer auf der Suche, ich bin eine ewige Pilgerin – wie unendlich gerne würde ich von der Mutter gerufen werden, ihr begegnen, mich von ihr berühren lassen, mich von ihr hochheben lassen in den Himmel hinein. Dies ist mein allergrösster Wunsch und mein einziger Lebenszweck. Doch bis jetzt ist mir dieses unendlich erstrebenswerte Ziel noch versagt geblieben. Vielleicht finde ich sie in Phaistos?»

Odakos fühlte sich allmählich etwas eingeengt vom Thema. Solchen Höhenflügen in überirdische Regionen war er eigentlich nicht gewachsen. Er wünschte sich dringend, endlich wieder konkreteren Boden zu betreten.

Doch er wusste nur allzu gut, wollte er seine Angebetete oder noch Anzubetende erringen, war der Weg über die geistigen Höhenflüge unumgänglich. Sie hatten nun einmal ein gemeinsames, glühendes Interesse entdeckt: die Muttergöttin, die Gute, die Spenderin des Lebens auf Kreta, die Beschützerin aller Armen und Schwachen und vieles mehr. Vertieft in ihre frommen Gespräche sassen sie etwas abseits, und die anderen Passagiere waren froh, ihre weniger anspruchsvollen Themen am entgegengesetzten Ende des Decks diskutieren zu dürfen.

Die Zeit musste sorgsam eingeteilt werden, von beiden Seiten her. Am zweiten Abend, nachdem das gefürchtete Kap erfolgreich umrundet war und das geschilderte Profil des Bergmassives Dikte sich hoch auftürmte, gestattete sie Odakos, ihr Händchen zu halten. Doch schon nach einigen Minuten, als er das Händchen immer inniger in das seine hineinzog und immer stärker zu drücken begann, erhob sie sich mit einem herzbewegenden Seufzer.

«Schon so früh zur Ruhe? Wir hätten einander doch noch so viel zu sagen!»

Die Fahrt ging sehr langsam vorwärts. Der Wind war schwach, und Odakos hatte befohlen, vorläufig noch keine Ruderer einzusetzen.

Am dritten Abend senkte sich das Profil des Berges langsam in die Ebene, wie vorausgesagt.

Minea lehnte sich ans Geländer. Scharf schaute sie hinüber ans Ufer. Es ging allmählich auf Phaistos zu, es war Zeit, den Gang der Dinge in die Hand zu nehmen. Odakos lehnte sich neben sie ans Geländer und kam zum genau gleichen Ergebnis: auch für ihn war es Zeit, den Gang der Dinge voranzutreiben.

«Wie herrlich die Sonne versinkt. Warum nehmen wir unsere so packenden Gespräche von gestern abend nicht wieder auf?»

«Mit grosser Freude. Setzen wir uns doch. Noch ein kleines Weilchen an der frischen Luft, das wird uns beiden gut tun.»

Minea setzte sich wieder zu Odakos und bat ihn, ihr einen Abendtrunk herbeizuschaffen. Er war glückselig, zu Diensten sein zu dürfen. Rasch rief er einen Matrosen herbei.

«Die Dame und ich möchten gern einen heissen Wein für den lauen Abend, die Köchin soll ihn sogleich herrichten.»

«Bitte doch die Köchin, in meinen Becher noch ein Salbeiblatt zu legen, zur Stärkung meiner schwachen Leber.»

Dies war das Zeichen, das sie mit Lelio vereinbart hatte. Die Nennung eines Salbeiblattes sollte ihr zeigen, dass Minea es ernst meinte und dass Lelio sich für eine mögliche Hilfsaktion in der Nähe halten sollte.

Die Getränke wurden gebracht, Lelio selber bemühte sich an Deck und blinzelte Minea zu, als sie ihr den Becher reichte.

«Das Salbeiblatt habe ich beigefügt.»

Stumm sassen Odakos und Minea da und schlürften ihre Getränke. In beiden Köpfen arbeitete es fieberhaft.

Dann begann Odakos, sich langsam näher zu schieben. Seine Hand legte sich auf ihren Oberschenkel. Diesmal rührte sie sich nicht und liess es geschehen.

«Es wird frisch, Sie erkälten sich,» begann Odakos, «möchten wir nicht lieber unseren Abendtrunk im Innern fortsetzen?»

«Ach, die Kühle, die spüre ich kaum bei unseren faszinierenden Gesprächen über die Muttergöttin. Es drängt mich noch nicht, mich in meine Kabine zurückzuziehen. So gerne möchte ich Sie noch manches fragen. Ihre Kenntnisse des speziellen Kultes für die Muttergöttin, wie er in Knossos ausgeübt wird, interessieren mich brennend.»

Odakos schluckte hörbar. Hätte er sich doch etwas mehr interessiert am rituellen Leben in Knossos.

«Gerne, liebend gerne erzähle ich Ihnen noch mehr von Knossos, wenn Sie es wünschen.» Er stockte. Es war ihm schleierhaft, welche Informationen er ihr liefern sollte.

«Doch die Kälte wird langsam unzumutbar. Wollen wir … , wie wäre es … , meinen Sie nicht, wir könnten in meiner Kajüte weitersprechen?»

Minea beobachtete scharf die Küste im Abendlicht. Und da erspähte sie weiter vorne die beiden Feuer, das gelbe, und das künstlich blau gefärbte gleich daneben. Ihre Männer hatten es also auch so weit geschafft. Das Schiff würde die Stelle gelegentlich passieren. Dann könnten die Brüder dem Schiff in der Ebene noch eine Weile leicht folgen.

Der Moment war perfekt.

Beinahe zu enthusiastisch, in ihrer üblichen munteren Stimme, stiess sie hervor:

«Natürlich, in ihrer Kajüte, wie freundlich von Ihnen, das wäre genau richtig.»

Odakos zuckte zusammen. Diese Stimme, diesen herausfordernden Klang hatte er irgendwann schon einmal gehört. Doch rasch verscheuchte er den Gedanken. Die Situation war delikat, er wollte

die aufkeimende Hoffnung auf Erfolg nicht durch plumpe Vermu-
tungen verderben.

Minea beherrschte sich rasch wieder – war sie zu hastig gewesen?

«... wenn es Ihnen nicht unangenehm ist.»

«Unangenehm, wo denken Sie hin. Der Gewinn ist auf meiner
Seite,» stammelte er begeistert.

Odakos stampfte über das Deck, Minea folgte ihm in zierlichen
Schrittchen. Odakos achtete darauf, dass nicht zu viele Gaffer zu-
schauten, wie sie sich zu zweit durch seine Türe zwängten.

In der engen Kajüte drinnen kam Odakos deutlich ins Schwitzen.
Gleich nahm er seine äusserste Hülle ab und legte sie säuberlich
gefaltet auf einen Sessel.

Nun war die geheimnisvolle Wölbung, um die es ja schliesslich
ging, knapp oberhalb des Bauches unübersehbar. Es war eindeutig, dass es sich nicht um einen besonders hervortretenden Wulst
des Bauches handelte, sondern um einen Fremdkörper. Genau den
musste sie haben.

Es war nicht Mineas Art, lange Strategien zu entwickeln. Gleich
los aufs Ziel, das weitere würde sich ergeben.

Also starrte sie neugierig naiv auf die verräterische Wölbung. Odakos wurde verlegen und geriet noch mehr ins Schwitzen unter ihrem
fragenden Blick. Er streckte sich und zog seinen Bauch ein, so gut
es ging, doch der nichtfleischliche Buckel verschwand nicht, ganz
im Gegenteil.

Warum nicht gleich aufs Ganze gehen? Minea tippte mit einem
spitzen Finger kräftig auf die Kuppe und fragte unschuldig, was das
denn sei. Sie versuchte, eher besorgt als neugierig zu klingen.

Odakos räusperte sich umständlich und zog den Bauch noch etwas mehr ein.

«Da drinnen trage ich etwas, das ich nie, gar nie, weg von meinem
Körper tragen möchte,» begann er stotternd. Er hatte keine Ahnung,
wie er weiterfahren könnte. Doch die Dame kam ihm zu Hilfe:

«Nein wirklich, jetzt haben Sie aber meine Neugierde geweckt.
Sie nehmen das Ding auch zum Schlafen nicht vom Leib? Es ist
bestimmt recht hinderlich, es Tag und Nacht so eng auf sich zu
tragen. Das muss wohl ein heiliges Amulett sein!»

Das war es – «heiliges Amulett».

Schlangengöttin

Odakos nahm das rettende Stichwort dankbar auf. Schon fiel die nächste Hülle, der Beutel war immer noch verdeckt.

«Ja, Sie haben es erraten. Da drin ist ein Beutel, und im Beutel drin ist ein heiliges Amulett, wie sie geahnt haben,» er rang nach weiteren erklärenden Worten, «... ein Schatz ... ein Wunderzeichen der Göttin, ... eben ein Amulett, wie sie sagen!»
Er war über sich selbst hinausgewachsen, er hatte den Ton überzeugend getroffen, fand er. Das war doch ganz die Sprache, welche die Dame verstand.

«Ein Wunderzeichen der Göttin! Ein Amulett! Ach, meine unstillbare Sehnsucht! Wenn ich nur einen kleinen Blick auf das heilige Ding werfen könnte – auf etwas, das Ihnen so unendlich viel bedeutet. Sagen Sie mir doch, ist es gar ein Gegenstand, der einmal der Göttin gehört hat?» – ein verzückter Blick, ein leidenschaftliches Stöhnen – «... dann könnte er vielleicht meiner gequälten Seele Heilung bringen? Wie lange irre ich schon von Heiligtum zu Heiligtum, ohne Ruhe zu finden! Wäre es möglich, dass dies hier die ersehnte Erlösung brächte?»

Der tiefe, schmerzerfüllte Seufzer zur Bekräftigung gelang ihr überzeugend. Schluchzend warf sich Minea ihm an die Brust und drückte ihre Wange an den Wulst.

Odakos erschauderte wonnig bei der Berührung.

«Hier, hier ist meine Rettung, ich fühle es bestimmt – einmal meine Hand darauf legen, und ich wäre von allen Qualen befreit, der glücklichste Mensch auf Erden und wäre aus Dankbarkeit zu allem bereit ... «

Schnell schloss sie den Mund. War sie wohl zu weit gegangen, zu deutlich geworden?

Odakos schnappte nach Luft. Das entscheidende Stichwort war gefallen: «Zu allem bereit?»

Und schon fiel die nächste Hülle.

«Ich glaube, ich kann es wagen, Sie einmal die Hand darauf halten zu lassen,» flüsterte er erregt, «wenn es Ihnen so viel bedeutet.»

Die letzte Hülle fiel, der weiche Beutel lag vor ihren Augen, leidlich weiss, auf einem rosaroten, runzligen Wanst. Entschlossen griff Odakos hinein und zog die Scheibe heraus.

«Berühren sie das Kleinod, wenn sie meinen, es tue ihnen gut.»

«Danke, danke,» stammelte Minea, «wie wunderbar – ein echtes Amulett, ein Talisman, eine Zauberscheibe, und mit den mystischen Zeichen der Göttin persönlich darauf – ich muss sie im Licht genauer betrachten!»

Odakos wandte sich ab, um sein Lager für den ihm zustehenden Lohn herzurichten.

Mit einem raschen Blick zurück vergewisserte sich Minea, dass er ihr den Rücken zuwandte, öffnete rasch ihr weites Kleid, griff in ihre Tasche, zog den falschen Diskos heraus und liess den echten verschwinden. Dann schlug sie den Rock blitzschnell wieder um sich.

So, das wäre geschafft.

Andächtig vertiefte sie sich in die Zeichen, murmelte, stotterte, seufzte vielsagend.

Odakos lag schon auf seinem Bett in seliger Erwartung der Belohnung. Er liess ihr Zeit, sich die Scheibe anzuschauen, während er immer erregter wurde und schon die Augen genüsslich schloss, um sich die kommenden Wonnen vorzustellen. Minea würde die Scheibe bald ans Lager bringen, dann würde sich die allerbeste Gelegenheit bieten, sie zu sich herunterzuziehen, und der schwierigste Teil wäre geschafft.

Doch die Minuten verstrichen, und Minea machte keine Anstalten, ihm die Scheibe zurückzugeben. Sie starrte lang und länger auf die Zeichen, drückte die Scheibe an ihr Herz, an ihren Mund, an ihre Stirne, küsste sie, hob sie hoch. In ihrem Gehirn arbeitete es fieberhaft, sie hatte keine Ahnung, wie es wohl weitergehen könnte.

Allmählich wurde Odakos ungeduldig.

«Mein Fräulein, ich bitte Sie dringlichst, mir mein Amulett wieder zurückzugeben.»

«Lassen sie es mir noch ein kleines Weilchen, ich fühle es, ich spüre es in allen Gliedern – die Göttin war mir noch nie so nahe.» Minea hatte nicht im Sinn, sich dem Liegenden zu nähern.

Nun war seine Geduld am Ende. Er musste eingreifen. Mühsam erhob er sich wieder von seinem Lager, näherte sich ihr und legte seine Arme um ihre Taille.

«Ich bitte Sie, geben Sie mir die Scheibe.»

Er nahm sie ihr mit festem Griff aus der Hand und versorgte sie in seinem Leibesbeutel. Dann packte er Minea und wollte sie auf sein Lager ziehen.

Doch das war zu viel. Sie riss sich los und schüttelte sich. Jetzt musste dringend etwas geschehen. Aber was?

Da kam ihr der rettende Gedanke: jetzt half nur noch eine grandiose Ekstase.

«Die Göttin naht – sie kommt zu mir – ich fühle mich erhoben – geheiligt – gesegnet – erwählt! Oh oh ... sie kommt, die Göttin, ... sie naht mir, sie ist da!»

Und mit einem gekonnt durchdringenden Schrei fiel sie zu Boden, stöhnte vor Wonne und Schmerz und wälzte sich in Verzückung und Krämpfen, doch achtete sie sorgfältig darauf, den Diskos ja nicht zu zerdrücken.

«Was ist Ihnen, fassen Sie sich, beruhigen Sie sich doch, stehen Sie auf,» zischte Odakos verzweifelt, «man hört Sie bis aufs Deck.»

Doch es gelang ihm nicht, die Schreie zu dämpfen.

Mühsam kniete er zu ihr hinunter und versuchte, sie an sich zu drücken und gleichzeitig ihren Mund an seiner Brust zum Schweigen zu bringen. Doch Minea rang sich los und schrie unvermindert weiter. Wie sollte es weitergehen?

Da stürmte Lelio in die Kajüte. Mit ungewohntem Schwung stand Odakos auf, warf eine seiner Hüllen über sich und herrschte die Dienerin an.

«Verschwinde! Das Fräulein und ich haben zusammen der Göttin gehuldigt, da überkam sie eine Verzückung, sie wird sich gleich erholen.»

Doch Minea hatte nicht im Sinn, sich zu erholen.

«Zu ihr, ich muss zu ihr, sie hat mich gerufen!» ächzte sie.

Zwei Seeleute stürmten herein und stellten sie auf die Füsse.

Doch sie wand sich aus den Händen, die sie festhalten wollten, und stürzte sich durch die offene Kabinentüre an das Geländer, klammerte sich fest und schrie weiter:

«Die Mutter ruft – zu ihr, zu ihr – lasst mich los!»

Der Kapitän war herbeigeeilt. Lelio stellte sich zwischen ihn und die Verzückte und herrschte alle an:

«Lasst die Dame in Ruhe! Seht ihr denn nicht, dass die Grosse Göttin zu ihr spricht?» Minea hechelte und röchelte und gab sich alle Mühe, irr und berauscht zu wirken. Dazwischen blinzelte sie ans Ufer hinüber. Es schien nicht allzu fern, und oben auf dem Hügel brannten vergnügt und verlockend die beiden Feuer, das gelbe und das blaue. Irgendwie musste die Sache ein Ende finden. Doch bis ihr zum weiteren Vorgehen etwas einfiel, musste sie tapfer schreien und zappeln.

Warum die Sache nicht abkürzen und zu einem raschen Abschluss bringen? Dort am Hügel war ja die Rettung.

Sie stiess einen gellenden Schrei aus, riss sich los und war mit einem Sprung im Wasser.

«Haltet sie, rettet sie, schwimmt ihr nach! Sie ertrinkt!!» schrie Odakos, immer noch dürftig bekleidet. Er gebärdete sich wie wild, schlug um sich, schüttelte jeden Seemann, den er im Dunkeln erwischte.

Doch die Schiffer waren unschlüssig, was sie tun sollten. Sie hatten wenig Lust, ins Wasser zu springen, um eine Irre zu retten.

Der Kapitän sah dem ungewohnten Schauspiel erst einige Augenblicke ratlos zu, doch dann rief er, sich seiner Verantwortung bewusst:

«Wendet das Schiff dem Ufer zu! Es gilt eine Ertrinkende zu retten.»

Die Matrosen zerrten geschäftig an den Segeln und Seilen.

«Das kleine Ruderboot flott machen und ihr nach, ihr faulen Hunde! Rettet die Dame!»

Die Seeleute gehorchten widerwillig. Die älteren liessen das kleine Ruderboot aufs Wasser hinunter, packten die zwei jüngsten Matrosen und stiessen sie unsanft hinein, froh, dass sie nicht selber zu solchen Tapferkeitsübungen beordert worden waren. Im letzten Moment sprang auch Lelio ins kleine Ruderschiffchen.

Die Leute auf der Labryda starrten ins Dunkel und versuchten zu sehen, wie die Irre malerisch mit den Wellen kämpfte, um sich schlug und immer wieder an der Oberfläche auftauchte, wenn eine grosse Woge über sie geschwappt war. Minea war wirklich eine meisterliche Schwimmerin.

Wie lange wohl konnte sie sich über Wasser halten? Würden ihre Kräfte bis zum Ufer reichen?

Langsam näherte sich das Ruderschiffchen mit den zwei jungen Seeleuten und Lelio der Schwimmenden. Schon waren sie ganz nahe bei ihr und einer der Matrosen versuchte, nach ihr zu greifen. Doch schnell war sie wieder untergetaucht und unter einer Welle verschwunden.

Das Ufer war nur noch wenige Züge entfernt. Und wieder holte das Schiffchen sie ein, und dem Matrosen im Bug gelang es endlich, Mineas Arm zu fassen. Er wollte sie aus dem Wasser aufs Schiff ziehen.

Da stürzte aus dem Gestrüpp am Ufer ein Hüne ins Meer, und mit wenigen Riesenschritten war er bei dem Schiffchen.

Bevor sich die drei im Ruderboot fassen konnten, hatte der Hüne sie dem Matrosen entrissen, hob sie hoch und trug sie in einigen langen Schritten ans Ufer. In zwei weiteren Schritten war er mit seiner Bürde im Gebüsch verschwunden.

Die Beobachter auf der Labryda atmeten auf.

Auch der Kapitän war erleichtert, dass die mühsame Passagierin in Sicherheit war, doch er war sich wohl bewusst, dass ihr Verschwinden nicht die ideale Lösung war und noch ein Nachspiel haben würde. Er hatte eine Verantwortung. Immerhin war Odakos der wichtigste Passagier auf seinem Schiff, und der könnte ihm an Land einige Unannehmlichkeiten bereiten. Um den Tobenden zu beruhigen, herrschte er die Seeleute an, das Schiff endlich gegen das Ufer zu steuern, um den Matrosen im Ruderschiffchen beizustehen, die Fliehende zu verfolgen und aufs Schiff zurückzubringen. Wo er landen könnte, wusste er zwar mit dem besten Willen nicht.

Die beiden Ruderer mit Lelio waren unterdessen am Ufer angekommen und umständlich ausgestiegen. Doch weder vom Hünen noch von Minea war etwas zu sehen. Sie riefen, sie flehten, sie lauschten, sie wandten sich nach allen Richtungen, sie wagten sich sogar einige Schritte ins dunkle Gebüsch hinein. Doch sie hörten nichts, kein Schreien, keine Stimmen, keine Schritte, keinen Laut.

Ratlos kehrten sie ans Ufer zurück.

Doch wo war Lelio? Wieder riefen sie, lauschten sie. Doch auch Lelio war verschwunden. Nach einigem Warten und Zweifeln ruderten sie zurück und meldeten zerknirscht den Verlust beider Damen.

Odakos schrie und schnaubte und stampfte und fluchte noch eine Weile. Die unfähigen Seeleute würden noch erleben, was es hiess, ungehorsam zu sein und eine der schwächsten und zartesten Passagiere zu verlieren. Eine unerhörte Schlamperei, eine Pflichtvergessenheit, eine Unfähigkeit, eine Schweinerei war das, eine Schande für ein Palast-Schiff.

Der Kapitän hörte sich den Tobenden an, schüttelte verärgert den Kopf und brummte:

«Die wird ihre Göttin schon selber finden!» Der Rest war nicht mehr zu verstehen, der Kapitän hatte sich weggewandt seiner Aufgabe zu, das Schiff wieder auf Kurs zu bringen.

Die übrigen Passagiere beklagten den Verlust der exzellenten Köchin.

Der Rest der Fahrt nach Phaistos war quälend für Odakos. Wie hatte es geschehen können, dass ihm das entzückende Geschöpf so kurz vor dem Erfolg entwichen war! Und zu allem Übel kam noch hinzu, dass die Kost bedeutend schlechter geworden war. Was war nur los in der Küche?

Auch hatte er das unangenehme Gefühl, dass ihn die übrigen Passagiere und vor allem auch die Bediensteten nicht mehr mit der gleichen Ehrfurcht und Unterwürfigkeit behandelten seit dem doch recht peinlichen Ereignis in der Nacht. Spöttisch, ja hämisch, schauten sie eher auf ihn hinab als zu ihm hinauf, wenigstens im geistigen Sinn. Die zwei verbleibenden Tage auf dem Schiff waren qualvoll, und er war erleichtert, als sie in Phaistos landeten und er dort wieder die ihm zustehenden Ehrbezeugungen entgegennehmen durfte, an die er sich nachgerade gewöhnt hatte.

Der Diskos, das Haupt-Transportgut auf dem Schiff, war ja an seinem sichern Ort auf dem Bauch des Odakos. Wenigstens war das in Ordnung. Und wenn alles gut ging und die Priester in Phaistos endlich imstande waren, den Diskos zu entziffern, dann würden ihm Reichtum und Ruhm zufallen, und damit, hoffte er bestimmt, auch edle Damen, willige. Die Pilgerin war, das musste er sich eingestehen, kein allzu grosser Verlust. Sie war doch nicht ganz sein Typ gewesen, etwas zu geistig, zu fromm, sehr viel hätte er so oder so nicht aus ihr herausholen können.

Zum Trost für das misslungene Abenteuer nahm er den Diskos häufig aus seinem weichen Versteck hervor und betastete ihn liebevoll. Noch nie hatte er sich mit den einzelnen Zeichen abgegeben – Schrift war für ihn ein Tabu. Doch jetzt, allein in der Kajüte, in Ermangelung anderer Belustigungen, begann er sich die netten Bildchen genauer anzuschauen und sie sich einzuprägen, den Vogel mit der Beute, die dicke Frau, und als er gar den Busen entdeckte, hielt er liebevoll seinen kleinen Finger darauf und suchte noch mehr davon auf beiden Seiten.

Dass die Priester in Phaistos ebenso wenig klug wurden aus der Scheibe, versteht sich. Die sechs Schreibkünstler steckten die Köpfe zusammen und wussten nach dem ersten Blick auf die Zeichen sogleich, dass sie nichts damit anzufangen wussten. Wie hätten sie auch wissen können, was die Zeichen bedeuteten, und hätten sie es noch gewusst, so war der Text doch so verworren und unsinnig, dass das beste Wissen nichts genützt hätte.

So griffen sie, nachdem sie eifrige Studien vorgetäuscht hatten, die einige Tage andauerten, zum letzten Mittel. In einem Privatissimum berieten sie, wie sie vorgehen wollten, und beschlossen nach aufgeregtem Hin und Her, die Scheibe verschwinden zu lassen. Sie sei gestohlen worden. Oder von einem Gott unsichtbar gemacht worden. Oder von einem Luftgeist entführt worden.

Der jüngste Lesepriester wurde beauftragt, die Sache durchzuführen.

Jeden Abend wurde die Scheibe im Schriftbau in einem kleineren Raum in eine mit Gold überzogene Schatulle gelegt, und verschlossen wurde sie in einem Schrank in einer Nebenkammer versorgt. Der Schlüssel zum Schrank wurde vom Obersten Schreiber aufbewahrt, so dass er jederzeit Zugang haben könnte, sollte ihn mitten in der Nacht eine Inspiration überfallen.

Doch wie es kommen musste – eines morgens war die Türe des kleinen Archivs aufgebrochen, der Schrank war mit einem Beil zerstört, die Schatulle mit der Goldverzierung war mit derben Werkzeugen aufgestemmt – und die Scheibe lag nicht mehr drin.

Grosses Wehgeschrei, wilde Fahndung nach Tätern, ausgedehnte Nachforschungen nach Fussspuren, Entdeckung, dass eine Hintertüre in der Umfassungsmauer aufgebrochen war, dass grobe Schuhe das Gestrüpp in der Umgebung des Palastes zertreten hatten, dass die Spuren eindeutig Richtung Meer und Hafen steuerten, bevor sie sich im Sand verloren – und schliesslich die Feststellung, dass ein unbekannter Dieb die Scheibe entwendet und sich damit auf einem Schiff auf und davon gemacht habe.

Der junge Priester wurde sehr gelobt für den meisterlichen Aufbau einer Kette von Einbruchsindizien und wurde gleich eine Stufe höher befördert.

Da er den Palast nicht unbeobachtet verlassen konnte, hatte er sich nach seinem gewalttätigen Einbruch in die hinterste Ecke im Nordosten der Palastanlage geschlichen, wo sich die Abfallberge befanden, und den lästigen Störenfried auf einen Müllhaufen in die Kammer 8 geworfen. Schon am nächsten Morgen wurde neuer Schutt darauf gehäuft.

24

Minea lief Adamas gerade in die Arme. Atemlos, sprachlos, glücklich drückte er sie an sich und wollte sie nicht mehr loslassen. Doch dann eilten sie rasch im Dunkeln durch den Hain, den Abhang hinauf, wo unter einem Felsvorsprung bei den zwei Feuern Manis auf sie wartete.

«Minea, gut, dass du wieder da bist! Wie Adamas sich um dich Sorgen gemacht hat! Er war unausstehlich.»

«All die vielen Möglichkeiten, dass dir etwas zustossen könnte! Die Vorwürfe, die ich mir gemacht habe, dass ich das ganze Abenteuer zuliess! Und alles nur wegen einer fixen Idee meines kleinen Bruders. Aber nun habe ich euch beide wieder und bin glücklich.»

«Beinahe hätten sie mich wieder zurückgeholt aufs Schiff. Für den geglückten Schluss muss ich diesem Herrn da danken.»

Erst jetzt beachteten sie den Hünen, der Minea an Land getragen hatte und der immer noch geduldig und bescheiden etwas abseits stand und die Wiedersehensszene beobachtete.

«Das ist ja der grosse Gelbe,» schrie Manis, «der Sänftenträger!»

Und jetzt fing das Erzählen erst recht an. Adamas und Minea kannten den Gelben nicht, ausser von ihrem kleinen Handel in Amnissos, und da er nichts Gelbes mehr auf sich trug, war der Name auch nicht besonders einleuchtend.

Wie war er genau zur richtigen Zeit in der richtigen Bucht angekommen, um Minea aus dem Wasser zu helfen?

Sie setzten sich alle ums Feuer, und der Gelbe begann zu erzählen.

«Manis weiss, dass ich der Sänftenträger des Odakos war. Er war ein kleinlicher knauseriger Arbeitgeber, und Sänftenträger zu sein war nie mein Traum.

Ich selber war nämlich vor dem Erdbeben und dem Untergang von Kalliste ein angesehener Mann mit grossem Besitz auf Anafe, das, wie ihr wohl wisst, ganz in der Nähe von Kalliste liegt. Genau während des grossen Ausbruchs war ich auf Geschäftsreise. Als ich auf meine Insel zurückkam, war alles zerstört, verbrannt, kein Mensch war mehr da, sie waren alle geflohen.»

«Genau wie es unserer Familie ergangen ist. Kalliste war verloren, wir fuhren zuerst nach Pylos, und jetzt bin ich mit meinem Adamas in seinem heissgeliebten Kreta,» fuhr Minea dazwischen.

«Mir blieb nichts anderes übrig, als auch wieder wegzufahren, nach Kreta zu segeln, wo noch einige Hoffnung auf Weiterleben bestand. Kurz vor der Landung in Kreta kenterte mein Schiff, ich konnte mich an Land retten, doch die ganze Ladung war verloren, und wo die Schiffer alle geblieben sind, das wissen die Götter.»

«Da ich gross und stark bin, aber mausarm war,» fuhr der Gelbe fort, «verdingte ich mich als Sänftenträger und konnte so einige Zeit meinen Unterhalt verdienen. Ich hatte nie einen anderen Gedanken im Kopf als möglichst schnell nach Anafe zurückzukehren und dort wieder aufzubauen, was zerstört ist. So sann ich verzweifelt, wie ich wohl rasch zu viel Geld kommen könnte. Ich hatte bald herausgefunden, dass Odakos mit den eingetriebenen Steuern nicht die saubersten Geschäfte betrieb, so hoffte ich, etwas von dort für mich herauszuholen. Wenn Odakos mit Gurios verhandelte, lauschte ich an einer Spalte.»

«Hab's mir doch gedacht,» warf Manis ein, «es war nicht nur die Kühle des Schattens.»

«Odakos, das alte Schwein, hat die vielen Schätze von Gurios nur zu einem kleinen Teil im Palast abgeliefert. Da ging mir eines Tages die Galle über, ich hätte auch gern Anteil gehabt an dem erklecklichen Gewinn. Immerhin war ich es, der ihn wieder und wieder auf den Berg hinaufhievte, nicht gerade ein leichtgewichtiger Knabe! Als Gurios tot war, hielt mich nichts mehr, ich stellte Odakos in seinem Kontor und verlangte einen Teil des ergaunerten Gewinns, sonst würde ich ihn verklagen beim Ober-Vorsteher. Odakos nannte das Erpressung, was es ja auch war, und wollte mich hinauswerfen. In meiner Wut packte ich die Scheibe auf dem Tisch, weil ich wusste, dass sie ihm viel wert war. Das war zu viel für Odakos. Er schrie und schlug mich. Ich wehrte mich – wer hätte das nicht getan – , er fiel um und schlug mit seinem Kopf auf einen spitzen Metallständer auf. Es sah grässlich blutig aus, ich meinte, er sei tot, verlor den Kopf und rannte davon. Das hast du ja selbst zu spüren bekommen, Manis, tut mir echt leid! Die Scheibe hielt ich immer noch in der Hand, ich wusste selber nicht warum. Ich hatte fürchterliche Angst, ich hätte Odakos getötet. So wollte ich wenigstens die Scheibe rasch loswerden und noch etwas

Geld dafür erhalten – diesen Teil der Geschichte kennt ihr zwei, Minea und Adamas!»

«Ja, du hast mir schon damals gefallen,» sagte Minea und gab ihm einen kräftigen Kuss.

«Kaum war ich die Scheibe los, hörte ich, dass sie äusserst wertvoll war. Da bereute ich es natürlich gewaltig, dass ich sie so billig weggegeben hatte.»

«Genau wie es uns erging. Auch wir gaben die Scheibe treuherzig zurück, und Odakos hatte sie doch überhaupt nicht verdient. Sie gehörte ja von Rechtes wegen Manis.»

«Daher folgte ich der Scheibe, genau wie ihr, und somit folgte ich ja auch euch heimlich, zuerst nach Malia, dann nach Zakros. Ich hielt mich immer verborgen und veränderte mein Äusseres, so gut es noch ging.»

«Tatsächlich, du bist nicht besonders aufgefallen. Bei deinem Wuchs eine prächtige Versteck-Leistung!»

«Als Minea das Schiff bestieg, war ich zuerst unsicher, ob ich mich auch anheuern lassen sollte, doch dann fürchtete ich, Odakos würde mich früher oder später erkennen: So entschloss ich mich, euch auf dem Landweg heimlich zu folgen.»

«Und du hast das ganzes Theater und mein Geschrei mitbekommen. Ich zitterte schon, sie würden einen Schiffer nach mir schicken, der schneller schwimmen könne als ich, aber die guten Schwimmer sind anscheinend doch nicht so zahlreich. Und meine Schwimmkünste sind berühmt auf Kalliste, das Untertauchen und beinahe Ertrinken ist eine meiner besonders gepflegten Kunststücke. Aber du, du bist auch ein Inselmensch, du fürchtest dich auch nicht vor dem Wasser! Und hast mich in letzter Minute gerettet – herzlichen Dank!»

Das Feuer trocknete die beiden nassen Schwimmer rasch.

25

Die Brüder waren unsäglich erleichtert, wieder mit Minea vereint zu sein. Zusammen mit dem Gelben liessen sie sich wohlig vom Feuer wärmen und hörten sich seine Geschichte an.

Da stürzte eine Gestalt aus dem Dunkel auf sie zu.

«Lelio! Wo kommst denn du her? Bist du auch davongelaufen?»

Atemlos setzte sich Lelio zu ihnen ans Feuer.

«Endlich finde ich euch! Als das kleine Ruderschiff endlich landen konnte, habe ich mich nämlich auch auf und davon gemacht.»

Dankbar nahm sie einen Schluck aus dem gereichten Becher.

«Wenn Minea nicht mehr auf dem Schiff ist, habe ich dort nichts mehr verloren. Ich wollte unbedingt wissen, ob Minea wirklich sicher an Land gebracht wurde. Und ob die Scheibe gerettet ist.»

Nun endlich meldete sich Manis, ganz verschüchtert von so viel Ungewohntem.

«Hast du sie denn wirklich, Minea?» fragte er leise.

«Aber natürlich, wozu hätte ich denn sonst das ganze Theater gespielt? Beinahe hätten wir vergessen, warum wir alle drei und dazu zwei Neue um ein Feuer in Südkreta sitzen und uns bestens unterhalten. Alles nur wegen dem dummen runden Ding da.»

Sie wühlte tief in der Tasche ihres nassen Kleides und zog endlich die gebrannte Scheibe hervor, die zum Glück im Wasser keinen Schaden genommen hatte.

«Hier ist sie – das wäre also erledigt.»

Manis fiel ihr um den Hals. «Wie kann ich dir je danken? Was du alles auf dich genommen hast für mich!»

«Gerne geschehen, sehr gern sogar. Ich hätte einiges an Spass und kretischem Leben verpasst, wenn ich nicht diese fabelhafte Gelegenheit erhalten hätte, auf einem Palastschiff um die halbe Insel zu fahren. Herzlichen Dank für die mir gebotene Chance!»

Manis hörte schon nicht mehr zu, sondern hielt den Diskos nahe ans Feuer, um ihn zu entziffern. Immer eifriger las er, dazwischen schmunzelte er vergnügt, dann wieder runzelte er die Stirne, dann wieder lachte er laut.

«Typisch Gurios!» murmelte er immer wieder. Dann erheiterte sich seine Miene.

«So, das wär's dann.»

«Sag, was steht drin? Dürfen wir's auch wissen, oder ist es ein Geheimnis nur für dich allein?»

«Auf nach Anemospili!» rief er, «unterwegs wollen wir uns mit Hacken und Schaufeln eindecken; die werden wir gut brauchen können, um den Schatz zu heben.»

Er las die Scheibe nochmals sorgfältig durch, schloss von Zeit zu Zeit die Augen, um den Inhalt genau zu memorieren, dann las er sie ein drittes Mal.

Darauf warf er sie auf den Boden und zertrat und zerstampfte sie in tausend kleine Stücke.

«Du hast dein Wort gehalten. Danke, lieber Gurios.»

* * *

Bemerkungen zum Diskos von Phaistos

Bei Wikipedia, der freien Enzyklopädie im Internet, wird er folgendermassen beschrieben:

*Der **Diskos von Phaistos** (Diskos von Phaestos, Diskos von Festos) ist eines der bedeutendsten Fundstücke aus der Bronzezeit. Da der Diskos mit Hilfe von Stempeln beschrieben wurde und bislang kein weiteres Fundstück seiner Art entdeckt werden konnte, zählt er zu den großen archäologischen Rätseln der Menschheit.*

Nahezu alle den Diskos betreffenden Fragen wie die nach seinem Zweck, seiner kulturellen und geographischen Herkunft, der Leserichtung und der Vorderseite sind umstritten. Selbst seine Echtheit und ob es sich bei den Zeichen überhaupt um Schriftzeichen handelt wurde schon angezweifelt.

Der Diskos wurde am 3.7.1908 vom italienischen Archäologen Luigi Pernier in der Nordostecke des Palastes von Phaistos gefunden. Er lag unter Trümmern verschiedenster Art in einer Kammer mit eingestürzter Decke.

Die Scheibe ist rund, aber nicht regelmässig, also von Hand geformt. Der Durchmesser beträgt 15,8 – 16,5 cm, die Dicke 1,6 – 2,1 cm. Sie ist perfekt gebrannt, also nicht ein Zufallsprodukt, das durch eine Brandkatastrophe gehärtet worden wäre. Das Material des Diskos wird als äußerst feinkörnig bezeichnet, ähnlich dem der berühmten Eierschalenkeramik.

Insgesamt finden sich 242 Stempeleindrücke innerhalb vorgezeichneter Spirallinien. Durch Trennlinien sind 61 Zeichengruppen erkennbar. Die beiden Seiten werden mit A und B benannt. Die Seite A enthält 123 Stempeleindrücke in 31 Zeichengruppen, auf Seite B finden sich 119 Eindrücke zusammengefasst in 30 Zeichengruppen. Die Numerierung der Zeichengruppen und der Einzelzeichen wird unterschiedlich gehandhabt. Über die Leserichtung, ob von innen nach aussen oder umgekehrt, herrscht ebenfalls noch nicht Einigkeit.

Zur Herstellung des Diskos:

Die präzise Methode der Herstellung ist umstritten; er wurde schon als *«das älteste, mit beweglichen Lettern hergestellte Druckwerk der Welt»* bezeichnet. Unstrittig ist, dass die Symbole nicht von Hand geritzt wurden.

Dieter Rumpel hat in 2003 versucht, einen Diskos nachzuschaffen. Er hat mit verschiedenen Materialien und Techniken experimentiert, zB. Stempel aus Gold, Jaspis, Steatit (Speckstein), Holz geschnitzt. Die entsprechenden Stellen in der Geschichte basieren auf seinen Ergebnissen.

(ANISTORITON Issue P033 of 15 September 2003, The Production of the Phaistos Disk, Experimental Studies by Dr. Dieter Rumpel, Professor Emeritus, Former Head of the Electrical Power System Institute Gerhard Mercator, Duisburg University, Duisburg, Germany)

Zur Datierung

Allgemein gilt ca 1700 (bis 1400) v.Chr. als die wahrscheinlichste Zeit. Im selben Raum 8 wurden auch Täfelchen mit Linear A gefunden. Es ist durchaus denkbar, dass in einem Land gleichzeitig verschiedene Schriftsysteme verwendet wurden.

Die besten Quellen:

Eine neutrale und klare Zusammenfassung aller Fakten und Theorien bietet das Büchlein von Thomas Balistier «Der Diskos von Phaistos. Zur Geschichte eines Rätsels & den Versuchen seiner Auflösung» Mähringen 1998

Das Internet (unter «Disk(os/us) oder Disc(o(s)/us) von/of/di Phaistos (Festo(s))») bietet viel Information und eine erheiternde Fülle Übersetzungs-Vorschlägen.
Eine gute Zusammenstellung von 51 Übersetzungsversuchen und viele andere links: ANTHONY P. SVORONOS http://users.otenet. gr/~svoronan/phaistos.htm

Zu den Zeichen

Die Pictogramme auf den Stempeln sind erhaben geschnitzt, im Gegensatz dazu sind bei Siegeln und Siegelringen die Zeichen einge-kerbt, was ein erhabenes Bild gibt. Die Zeichen des Diskos wurden in den Ton hineingepresst.

Die sehr realistischen Bilder lassen sich nicht einem bestimmten Raum oder einer Lebenswelt zuordnen, sie sind allgemein ägäisch, es finden sich Parallelen zu verschiedensten Völkern und Gegenden. Einige erinnern an ägyptische Hieroglyphen. Die typisch kretischen Symbole wie Doppelaxt und Stier fehlen.